제
주
도

제주도

발행일	2019년 9월 5일			
지은이	이재모			
펴낸이	손형국			
펴낸곳	(주)북랩			
편집인	선일영	편집	오경진, 강대건, 최예은, 최승헌, 김경무	
디자인	이현수, 김민하, 한수희, 김윤주, 허지혜	제작	박기성, 황동현, 구성우, 장홍석	
마케팅	김회란, 박진관, 조하라, 장은별			
출판등록	2004. 12. 1(제2012-000051호)			
주소	서울시 금천구 가산디지털 1로 168, 우림라이온스밸리 B동 B113, 114호			
홈페이지	www.book.co.kr			
전화번호	(02)2026-5777	팩스	(02)2026-5747	
ISBN	979-11-6299-836-6 03810 (종이책)		979-11-6299-837-3 05810 (전자책)	

이 도서의 국립중앙도서관 출판예정도서목록(CIP)은 서지정보유통지원시스템 홈페이지(http://seoji.nl.go.kr)와
국가자료공동목록시스템(http://www.nl.go.kr/kolisnet)에서 이용하실 수 있습니다.
(CIP제어번호: CIP2019034801)

(주)북랩 성공출판의 파트너

북랩 홈페이지와 패밀리 사이트에서 다양한 출판 솔루션을 만나 보세요!

홈페이지 book.co.kr   •   **블로그** blog.naver.com/essaybook   •   **출판문의** book@book.co.kr

제주도

이재모 지음

북랩 book Lab

내가 그토록 가보고 싶었던 곳. 오고 싶어 했던 제주도.

이곳에서 이제는 여행객이 아닌,
도시인이었던 내가 도민이 되어버린 이곳.
내가 살고 있는 또 살아가는 제주도의 모습.
너와 함께 하고 싶은 일상과 풍경들.

　　　　　　여기 처음 오게 된 것은 몇 년 전,
그것도 아주 우연한 기회 덕분이었다. 서울 직장에서 알게 된 동생 커플
덕이라 해야 정확한 답일 것이다.

　직장에서 우연히 만나 동생, 형, 오빠가 된 우리 세 사람. 서울에서 만나
친구처럼, 형제처럼 지낸 지 벌써 10년의 세월이 흘렀다. 그리고 지금 여기
에서 나와 식구들과 함께 낚시와 여행, 캠핑을 하고 오름을 즐기며 지내고
있다는 게 참 신기하게 느껴진다.

　사람의 인연이란 참 대단하다. 그 인연 덕분에 이 친구들이 나에게는
누구보다 소중한 사람이 되었던 것이다.

　참고로 나와는 8살 차이다.

　요 녀석들은 말로만 "오빠", "형" 하지 평소 친구처럼 지내며, 때로는 나보
다 더욱 어른스러울 때가 있어 가끔은 내가 꾸중을 듣기도 한다.

　모든 게 내게 있어서는 참 재미있는 인생이고 재미있는 삶이다.

　이곳 제주도에 처음 오게 된 것은 이 친구들 때문이었다.

　울산 고향 집에 문제가 생겨 급히 서울 일을 정리하고 내려와서 지내고
있을 때쯤. 이 커플이 크게 다퉜다. 둘의 관계를 누구보다 잘 알고 있었
고, 둘 모두 나의 소중한 인연이었기에 누구 하나 놓치고 싶지 않았다. 그
런데 동생의 여자친구가 고향인 제주도로 내려가 버렸다고.

　전화상으로 울고불고 난리였다. 그때 난 단골 어머니 포장마차에서 동생,
친구들(술멤버)과 서울 얘기하며 삼겹살에 소주 한잔을 기울이고 있었다.

"니 서울 물 묵긴 묵었네."

"말투가 근질근질 살아 있네, 역시."

"장난하지 말고 한잔해."

"야, 서울은 내가 원하는 술이 없다. 술이 너무 순해."

"행님 입맛에 맞는 술은 여기 밖에 없심더~."

"행님! 이런 사람 아이단교."

"캬~!"

"얼마 만이냐. 한잔해."

"고향이 좋긴 좋지?"

"예. 이렇게 편안히, 마음껏 모든 얘기를 나눌 수 있어서."

잠깐 자리를 비워 다시 통화를. 이건 우는 건지 말을 하는 것인지 전혀 알아들을 수가 없는 상황. 도저히 전화상 대화로는 힘들 것 같아 "만나서 얘기하자." 그렇게 전화를 끊었다. 그런데 문제는 제주도라는 점이었다. 왜 인지 모르지만 내가 지금까지 한 번도 가보지 않았던 곳이다.

길도 모른다. 비행기 티켓이나 렌터카 예약 방법 등 전혀 아는 게 없었다.

그래도 약속을 했으니…. 그렇게 인터넷을 검색하고 지인에게 물어보면 서 도착한 제주도.

남들은 제주도 하면….

"우와!"

"좋겠다. 나도 다시 가보고 싶은데."

첫마디로 이렇게 말했을 것이다.

그런데 난 "우와!"가 아니라 '어떻게 이야기를 해서 둘의 관계를 다시 회 복시키지?' 하는 생각뿐. 공항을 빠져나오면서도 제주도라는 느낌이나 기 분이 전혀 들지 않았던 것이다. 목적은 오직 하나, 이 둘을 어떻게든 다시 연결해줘야 한다. 그뿐이었다.

무작정 동생의 여자친구가 일하는 미용실을 찾아갔다. 일이 끝나기를 기다리는 동안 이런 저런 얘기를 나누다 따분하기도 하고 마침 머리도 손질할 겸해서 "나도 머리 깎아줘. 시간이나 보내게."라고 했다.

당시 내 머리 스타일은 상고머리 같은 순한 양의 모습. 멋진 놈으로 변신을 기대하며 그렇게 머리를 맡긴 것이다.

머릿속에 무얼 생각하고 있는지 정말 일하기 싫은 듯 가위로 대충대충. 5분도 채 지나지 않아 동생이 이렇게 말했다.

"오빠, 머리 스타일 지겹지도 않아요? 오빠는 파마가 더 잘 어울릴 것 같아요."

"너 지금 내 머리 자르기 싫어서 그러는 거지? 그래. 네 마음 알겠다. 너 편한 대로, 내게 맞는 스타일 만들어봐."

그 말이 끝나기가 무섭게도 가위를 내려놓고는 구르마 같은 이상한 것을 밀고 온다. 파마를 하는 도구들. 머리에 동그란 무언가를 하나씩 하나씩 붙이기 시작하더니 또 그놈을 고무줄로 단단히 고정하기까지 거울로 본 나의 모습은 엄마의 모습이다. 꼭 드라마 속 할머니들께서 파마를 하며 수다 떠는 그 모습. 우습기도 하고 창피하기도 한데 도저히 모르겠다.

그리고 드디어 샴푸 후, 나만의 상고머리가 어떻게 빠글빠글 할머니 스타일로 바뀌어 버린 것이다.

'앗! 이건 아니다.'

이런 나의 뒷모습을 지켜보며 동생이 내뱉은 한마디.

"오빠, 뒷모습 꼭 우리 할머니 같아."

나에겐 완전 충격적인 말이었다. 조금 다른 멋진 스타일을 원하였건만. 실망에 실망을 할 때쯤 들려온 손님들과 원장님의 말씀.

"앞으로 계속 그 머리 하세요. 잘 어울려요."

처음 문 열고 들어왔을 때랑은 완전 다른 사람 같다고. 얼굴에 생기도 있고 더 활발해진 듯하다고.

그때 동생이 바꿔준 헤어스타일인 파마 머리. 지금은 머리하러 미용실을 가는 날이면 "파마, 다 풀렸죠? 다시 해야겠죠?"라고 원장님이 얘기하기 전 내가 먼저 말하게 되었다. 두 시간의 기다림은 '뭐, 이쯤이야.' 하고 넘겨버린다.

생소하지만 나에게 맞는 헤어스타일인 파마 머리가 된 나는 동생과 함께 제주 시청 인근 번화가에 있는 작은 통닭집으로 이동했다. 그리고 낮에 원장님과 손님들 눈치 보느라 하지 못했던 궁금했던 이야기를 다시 이어 나갔다.

그동안 어떻게 지냈냐?

그리고 왜 또 싸웠냐?

앞으로 어떻게 할 것이냐?

'남들은 제주도 여행이라 하는데, 난 이게 뭐냐. 첫 제주도 방문이 여행이 아닌 연애 상담이라니.'

그렇게 얘기가 마무리 된 늦은 시간, 모텔에 들렀는데 정말 웃음이 빵 터질 수밖에 없는 상황이 발생했다. 모텔 수준이 말도 안 되는… 정말이지 할 말을 없게 만든 것이다. 그냥 잠만 자고 나오면 되기에(참고로 인터넷 방은 5,000원 추가란다) 그냥 이렇게 생각하고 말았다.

'그래, 잠만 자자.'

아, 오해는 없으시길 동생은 집 앞까지 아주 잘 모셔다 주었답니다. 그리고 전 모텔이라는 나만의 공간으로 혼자 쓸쓸히… 뚜벅뚜벅….

다음 날 아침 10시, 제주도에 왔으니 자기가 구경시켜 주겠단다.

그런데 입장료는 내가 다 내고(도민은 입장료가 무료다), 밥 사 줘, 커피 사 줘…. 어제 술값도 내가 다 계산했는데, 도대체 이건 또 무슨 상황인지.

그렇게 제주 시내의 몇 곳을 둘러보고 도심을 빠져나왔을 때 나도 모르게 외쳤다.

"우와! 여기, 제주도 대박!"

도심에서 5분 정도 달렸을 때쯤, 눈앞에 보여야 할 건물들이 전부 눈 밑으로 내려가기 시작. 알록달록한 마을 지붕 뒤로 수평선이 한눈에 들어와서 나도 모르게 함성을 지른 것이다. 육지에서는 한 번도 보지 못했던 풍경이다. 답답함이 한순간에 뻥 하니 뚫리는 그 느낌!

그 후, 해안도로를 달려 처음 간 곳은 만장굴. 신기했다. 아니 신비스러울 뿐이었다. 육지에서 잠시 둘러보았던 몇몇 굴은 비교할 수가 없었다. 아니 비교를 한다는 것 자체가 우스꽝스러울 정도였다(이 만장굴을 처음 발견한 부종휴 선생님과 김녕 초등학교의 꼬마 탐험대에게 감사인사를 올린다. 굴의 깊이를 알지 못해 실을 엮고 촛불을 든 채 굴의 끝까지 탐험한 꼬마 탐험대 덕분에 우리가 이곳을 즐기게 되었기 때문이다).

만장굴 다음으로 찾아간 곳이 그 유명한 성산일출봉.

말로만 들었던, 가끔 사진으로만 봤던 그곳.

성산일출봉을 처음 본 느낌?

웅장하다. 이 이상 그 모습을 표현할 적절한 단어를 찾기 힘들었던 게 사실이다.

모든 게 좋다, 좋다, 말만…. 그 이상의 말은 필요가 없을 것 같았다.

주위를 잠시 둘러보니 나처럼 탄성을 지르는 분이 옆에 계셨다.

'아~ 저분도 제주도는 처음이구나.'

지금 제주에 살고 있는 나도 가끔 올라가면 그때처럼 탄성을 지르곤 한다. 그때 그분은 도민이었을까, 아니면 육지 사람이었을까? 이렇게 제주의 풍경은 모든 사람이 탄성을 지르게 하는, 사람을 유혹하는 그 무언가가 있다(224페이지에 잠시 쉬어가기).

성산일출봉 정상에서 바라본 마을 풍경은 내 마음 속에 있는, 예전 달력에서 많이 본 듯한 그 모습.

'지금 내가 이곳에 서 있구나.'

그 뿌듯함은 나를 자극하기에 충분했다.

성산일출봉에서 내려와 허기진 배를 채우기 위해 허름한 식당에서 먹은 오분자기 뚝배기. 지금도 가끔 그곳에 찾아가는데, 사장님은 아직 날 기억하지를 못하신다. 그저 수많은 여행객 중 한 명이겠거니…. 그리고 다 먹고 나면 매번 이러신다.

"음식 참 맛있게 잘 먹는다."

뭐지? 절 알아보시는 건가요, 아님 인사성 멘트이신가요?

그래도 기분은 좋다.

식당에서 "맛있으니 이것 좀 더 주세요."를 세 글자로 줄이면? "더 줍 서"이다.

배도 채웠고 소화도 시킬 겸 해서 가벼운 산책길을 걷자고 간 곳이 섭지코지. 드라마에서 히트 친 곳이다.

바닷가 절벽 옆에 세워진 작은 성당. 이 초원 같은 풍경과 바다.

'제주도가 정말 예쁜 곳이구나.'

'어떻게 이렇게 예쁘게 모든 게 하나처럼 조화를 이룰 수 있을까?'

그런 생각을 하던 중, 성당 뒤에 세워져 있는 돌탑(연대)이 눈에 들어왔다. 저건 또 뭐지? 돌아와 집에서 검색을 통해 알아보니 육지에 있는 봉수대와 같은 의미를 가진 곳이었다. 적의 침입이나 위급한 상황이 있을 때 낮에는 연기, 밤에는 횃불로 정보를 알리는 곳이다.

제주에는 봉수대 25소, 연대 38개가 있는 것으로 알고 있다. 그런데 섭지코지에 위치한 연대는 다른 곳보다 바다로 더 많이 돌출된 장소에 세워져 있고, 섬 속의 섬 우도에서도 이곳이 보인다고 한다. 그래서 섭지코지의 연대는 의미가 더 깊어 보인다.

나는 궁금한 건 참지 못하는 성격이고, 한다고 마음먹으면 무조건 해봐야 하며, 집착에 무서울 정도로 빠져드는 놈이다. 성질 더럽고 무식한 놈이라는 말이다.

'이왕 하는 것 끝까지 해보고 그때 가서 되질 않으면 그때 포기하자.', '해보지도 않고 먼저 포기하지는 말자.' 이게 나의 신념이기도 하다.

이 고집 아닌 똥고집 덕에 좋은 일도 나쁜 일도 많았다.

좋은 일은 내 직업상 포기가 없다는 것이고, 나쁜 일은 그 누구에게도 말하지 못할 충격과 배신감, 그리고 분노와 가슴이 기억하는 상처를 쭉 안고 살아간다는 것이다. 그 상처를 준 이들은 내가 제주도에 내려오게 된 동기를 만들어준 사람들이기도 하다. 혹 그 사람들을 한 번이라도 만나게 된다면, 한 번이라도 기회가 주어진다면, "미안하다고. 그때는 내가 미쳤었다고. 그리고 고맙다."고 말하고 싶다.

이것 또한 부질없는 짓이겠지만, 이젠 그냥 편히 우리가 처음 만난 그때처럼 소주나 한잔하면서 "그때 내가 그랬지." 하며 푸념이나 풀었으면 한다. 아니, 그렇게 풀고 싶은 마음뿐이다.

"그곳에서 잘들 지내고 있나요? 많이 보고 싶네요."

그렇게 연애 상담하러 제주도를 다녀오고 난 후, 이상하게 그리움과 아쉬움이란 것이 마음을, 머릿속을 괴롭히기 시작했다. 자꾸만 되새기게 되는 제주도.

그때부터일 것이다. 틈만 나면 제주도, 제주도….

검색으로 제주의 풍경을 보고, 비행기 표도 알아보고, 직업상 휴일이 주말 하루 밖에 없어서 가보고 싶어도 시간이 주어지지 않아 가지 못했기에 더욱더 그리움만 커져 갔다. 그때!

"나에게는 휴가라는 게 있다."

모든 게 나의 계획대로. 우선 사장님을 설득했다. 당시에는 여름휴가를 가게 문을 닫고 모두 동일한 시기에 갔다. 그래서 제주를 가기 위해서, 제주의 사계절을 전부 보기 위해 휴가 방식을 바꿔 버렸다. 지금까지 해오던 방식과 달리 각자 자기가 가고 싶은 날, 가고 싶은 계절에, 1년 중 언제든 5일 간의 휴가를 갈 수 있도록 바꿔 버린 것이다.

그래. 휴가 때 제대로, 마음껏 제주도를 돌아보자.

계획을 세웠다. 시계 방향으로 돌지 반 시계 방향으로 돌지도 정했다. 렌터카와 항공권을 예약하고, 숙박은 멋진 펜션이 아니라 조금 불편해도 바비큐 파티와 여자애들을 만날 수 있는 게스트하우스로 예약했다.

나도 모르게 가슴이 설레는 이 느낌. 꼭 널 안고 있을 때처럼 혹여나 들릴까 소리 죽여 콩닥거리는 그 느낌.

비행기 창밖으로 보이는 신비의 섬 제주도.

제주가 날 반겨 주는 듯한 느낌. 그 설렘은 지금도 변함이 없다.

가끔 육지에 다녀올 때, 창밖에 보이는 제주도를 바라볼 때마다 생각한다.

'여기에 오기를 정말 잘했구나.'

이제는 육지를 가는 것이 여행이 되었다. 그래서 늘 휴가 온 것 같은 마음으로 주중에는 열심히 나의 일을 하고, 주말에는 여행객으로 변장해 온 동네를 누비고 다닌다. 제주해안도로 기준 한 바퀴가 250㎞정도인데, 난 이것보다 더 많은 곳을 보기 위해 즐기며 매주 정신없이 즐기며 돌아다닌다. 지금 직장의 큰 형님이 나를 놀리듯이 말한다.

"넌 주말이면, 택시 모시는 분들보다 더 많이 돌아다닐 거야. 그치!"

휴가 시작. 곧 여행의 시작.

공항을 빠져나와 택시를 잡는 상황이었다.

"관음사까지 25,000원!"

어… 비싼 것인지, 거리가 먼 것인지, 아님 본래 그런 것인지. 그런데….

'왜 반말이야. 재수없어.'

그러던 중 다른 택시가 보이기에 "관음사까지요." 하니 기사 아저씨께서 하시는 말씀.

"미터기로 갈 테니 안심해도 되요!"

'그래. 비싸도 25,000원이겠지.'

그때는 일정이 너무 빡빡했다. 한라산 등반코스만 해도 관음사에서 성판악까지 대략 9시간. 내려와서 렌터카를 인수하고 게스트하우스로 이동. 저녁 고기 파티에 꼭 참석하기 위해서는 발 빠르게 움직여야 했다. 그때 고기 파티는 게스트하우스에서 없어서는 안 될 필수 아이템으로, 이 파티가 있는 곳이면 어느 곳이든 여행객들이 몰렸다.

그나저나 지금 여기가 어딘지 도저히 알 수가 없다.

공항에서 출발한 택시가 제주 도심을 지나 오르막을 한참 달리더니 우회전했다. 그리고 숲길을 지나 외진 주차장에 도착했다.

"여기가 관음사 입구입니다. 산행 잘 하세요. 여행도 잘 하시구요."

"예, 감사합니다."

이 상황에서 미터기 요금은 12,000원. 좀 전 공항에서 처음 부른 금액이 25,000원.

까딱 잘못하면 사기를 당할 뻔한 것이다. 그때는 이런 것 때문에 한참 말도 많고 탈도 많을 때였다.

요즘은 그때처럼 사기치려고 했다가는 완전 퇴출이다(요즘의 제주 공항은 무조건 줄 서서 기다려야 한다. 줄 서서 순번대로 택시 탑승을 해야 하고 덩치 좋은 도우미 아저씨까지 있다).

한라산 등반 안내도 간단하다. 그것도 너무나. 다른 코스나 합류하는 길이 전혀 없다.

육지에서 산행을 하면 A코스, B코스, C코스 등 여러 코스로 나뉘어 있고 산행의 난이도까지 나와 있기에 자신에게 맞는 코스를 찾으면 된다. 하지만 한라산의 코스는 단 하나.

관음사에서 출발해 성판악으로 하산하는 길뿐이다.

그림, 정말 쉽게 잘 그려 놓았다. 만만한 곳이다. 쭉 올라갔다가 쭉 내려가기만 하면 되는 곳. 어느 정도 산을 타는 내게 뭐, 이 정도쯤이야.

처음 올라가는 한라산이라서 기대와 기쁨, 설렘을 가지고 출발. 그리고 출발한지 얼마 되지 않아 내가 시행착오를 했다는 것을 깨달았다. 하지만 때는 이미 늦은 뒤였다.

돌아가기에도, 올라가기에도 난처한 상황.

아니 무슨 등산로 경사길이 45도…. 이건 아니다. 가도 가도 45도다.

도대체 평지는 언제 나오는 거지? 깔딱 고개가 아닌 정말 죽을 것 같은 오르막 길. 끝은 보이지도 않고 하늘로 향해만 있는 등산로….

당시 난 여행 가방을 매고, 공항 패션인 상태였다. 청바지에 운동화, 가방 속에는 여행하는 동안 입을 옷과 카메라, 삼각대까지. 가방의 무게만 대략 10kg 내외.

"내가 미쳤지, 왜 여길… 그것도 첫 날에…"

제주도를 여행할 때, 한라산 등반은 무조건 마지막 날에 하기 바란다. 만약 나처럼 행동하면 여행하는 내내 다리를 절뚝거릴 것이다. 그리고 하루 종일 낑낑대고 투덜거리며 돌아다니게 될 것이다.

그래도 다시 한번 마음을 가다듬고, "그래 끝까지 가보자. 내가 누군데. 설마 죽기야 하겠어?"라고 외치며 계속 올랐다.

그렇게 끝이 보이지 않는 오르막을 폐인 아닌 폐인의 모습으로 올랐을 때다. 8부 능선에 도착했을 때 잠깐 뒤를 돌아봤다. 그 순간, 그냥 멈춰 버렸다. 말 그대로 일시정지. 모든 것이 멈춰 있는 듯했다. 마치 사진 속 풍경에 들어와 있는 것 같은 나.

발밑에 닿을 듯 내려앉은 새하얀 구름. 내가 마치 신선이 된 것 같은 느낌에 구름 위를 걸어볼까 하는 엉뚱한 생각을 했다. 아니, 그런 착각을 불러일으킬 수밖에 없는 광경이었다. 누군가가 솜이불을 깔아 놓은 듯한 풍경.

"근두운~!" 하면 나만의 근두운이 쑥 하고 날아올 것 같은 느낌. 조금 전까지 헐떡이며 투덜거리던 내 모습은 완전히 잊은 채 그 아름다움에 반해 박자를 맞추듯 한 발 한 발 내딛다 보니 어느덧 정상이었다. 어떻게 도착했는지 기억조차 나지 않았다.

"정말 멋진 곳이다."

백록담(솔직히 지금도 헷갈린다. 백록담과 천지연. 나만 이러는 것인가)!

"아! 드디어 내가 여기에 왔다."

누군가가 파놓은 듯한, 마치 큰 공으로 눌러놓은 듯한 분화구. 그런데….

"앗! 물이 없다?"

물이 고여 있는 모습이 보고 싶었는데….

그렇게 멍하니 분화구를 보고 있으니 무언가가 뛰어다닌다. 노루다.

"아니, 저 녀석은 어떻게 올라왔지?"

그러는 중 무언가가 입으로 슝~.

내 머릿속을 떠나 있던 정신을 되찾고 보니 웬 날파리가 이렇게도 많은지…. 팔로 허우적거려도 이 녀석들은 도망가지를 않는다. 오히려 나를 놀리는 듯한 자세. 전부 저공비행으로 내 주변을 날아다니는데 마치 드론을 연상케 한다. 말 그대로 드론 무리다.

정상에도 올랐고 드론 무리와 싸우고….

그렇게 산을 내려가려고 일어서는 순간, 아~! 이번에는 내리막인 성판악 코스의 계단이 날 맞이해준다. 내리막은 계단. 등산 중 제일 난코스인 계단은 또 왜 그렇게 많은 건지….

내가 걸어본 계단, 아니 내가 살아오면서 딛은 계단을 모두 합해도 모자랄 기록을 이날 세운 것이다.

계단의 간격이 너무 넓어 짧은 내 다리로 성큼성큼 내려가기엔 어중간한 넓이. 성큼성큼 내려가면 딱 좋은데 그러다 중심을 잃으면 안전 펜스를 넘어 튀어나가 곤두박질칠 것 같고…. 결국 한 계단을 두 걸음씩 엉거주춤, 엇박자로 내려오며 불평했다.

"도대체 이 계단의 다리 폭 기준은 누구야?"

또 이렇게 혼자 궁시렁궁시렁 하고 나서야 완만한 길이 나왔다.

드디어 내려온 건가? 그런데 이상하다.

분명 완만한 코스면 곧 합류 장소나 주차장이 나와야 하는데, 끝이 없다. "이건 아니다. 이건 아니다. 내가 미쳤지!"를 몇 번이고 입으로 내뱉으며 투덜투덜. 다리는 점점 더 아파 오고 가방은 정말 버리고 싶고….

'언제냐. 언제냐. 도대체 정류장은 언제 나오냐고~!'

나에게 한라산이란?

오를 때 미칠 것 같았다고 하면 하산 때는 미치고 환장하는 산. 그래도 다시 또 도전하고 싶은 멋진 산이라는 것만은 확실하다(처음으로 오른 한라산이 내게 가져다준 재미난 그 고통과 오르막과 계단은 절대 잊을 수 없는 추억을 만들어 주었다. 그 뒤 4번의 등반에 성공했다. 하지만 아직 한 번 더 남아 있다. 폭설로 덮여 있는 한라산의 정상을 정복하는 것이다. 참고로 백록담 인증샷을 가지고 안내소를 방문하면 한라산 등정 인정서를 발급해준다. 수수료는 천 원이다).

그렇게 한라산 등반을 마치고 절뚝거리는 걸음으로 힘겹게 렌터카를 인수했다. 주위가 어두워지기 시작한 시간. 게스트하우스에 도착하니 마침 나보다 먼저 도착한 분이 계셨다.

식사 시간은 7시. 게스트 분들이 도착할 때까지 아직 시간이 조금 남아 있었기에 씻고 정리하고 먼저 온 게스트와 서먹하게 대화를 시작했다.

"언제 왔냐? 어디서 왔냐? 제주도는 몇 번째 온 것이냐? 내일 계획은 어디냐?"

사실 게스트하우스에 가면 일상적 대화이며 대화를 열기 위한 자연스러운 질문이다.

그런데 이 질문에 모든 게 담겨 있다.

얘기를 나누다 보면 언제 그랬냐는 듯 하나의 공동체가 되어 버린다. 시간, 장소, 횟수, 미래…. 멈춰 있는 시간처럼.

다들 모인 7시쯤. 다른 게스트들과 인사를 나누고 인근 마을 식당에서 밥을 먹은 뒤 다시 돌아온 게스트하우스.

"2차는 막걸리에 파전."

"이게 뭐야! 분명 바비큐 파티가 있어야 하는데! 고기, 내 고기는 어디 갔냐고요!"

바비큐 파티에 대해 물었더니 사람이 많지 않아 오늘은 하지 않는다고….

"아~! 아쉽다!"

게스트들끼리 모여 파전을 굽고 막걸리 준비와 식탁 세팅까지. 마치 서로 약속을 한 듯 개개인이 스스로 알아서 척척 준비하는 낯선 풍경. 그리고 이어지는 자기만의 세상 이야기들. 먼저 오셨던 그분의 직업은 의사, 또 다른 한분은 방송에 나오는 무용수라고 하셨다.

의사 분은 올레길 투어 중이셨고, 무용수는 힘들고 지칠 때면 이곳에 온다고. 깊은 산속에 있는 목장을 개조한 게스트였기에 누구에게도 간섭 받지 않고 조용히 쉴 수 있는 있는 곳이라 연박 중이며 언제 나갈지는 계획이 없단다. 그 한마디에 무용수 분은 모두에게 부러움의 대상이 되었다. 이 분을 제외한 우리는 다들 짧은 여행을 다녀야 했기에 시간이 촉박했던 것이다. 무조건 많이 보아야 했으니까.

하루… 아니 저녁에 잠깐 만나 또 다른 하루가 시작되면 남이 될 사람들인데 어떻게 이렇게 많은 이야기를 나누고 쉽게 친해질 수 있을까.

그후 내가 내일을 위해 먼저 들어가서 쉰다고 하니 게스트주인장이 내뱉은 한마디.

"형! 추가요금 2,000원이에요."

막걸리 값이란다. 또 난 빵 터졌다.

다들 자고 있는 새벽, 무슨 야반도주를 하듯 해도 뜨기 전에 도망 나왔다. 조금이라도 더 보고 싶고, 더 많은 곳을 둘러보고 싶었으니까.

침대에 올려놓은 추가요금 2,000원과 작은 메모.

"다음에 또 볼 수 있기를."

첫 여행의 첫 게스트하우스였는데, 내게 안겨다준 게 너무 많았던 것 같다.

30대 중반의 첫 여행.

난 왜 이렇게 지금까지 촉박하게 살아야만 했을까?

다들 해외 어디를 다녀오고, 제주도는 몇 번째이고 이러쿵저러쿵…. 그런데 난 이때까지 여행이라고 내세울 게 하나도 없다. 그냥 육지의 인근 도시, 마을 정도? 비행기를 타야 여행일까? 그런 기준점도 나름 생각해보기도 했다. 과연 여행의 기준이 무얼까?

지금까지 내가 해왔던 차 트렁크에 가방 싣고 가는 것은 여행이 아닌 놀러 가는 것으로 분류했다. 비행기 타고 가방을 메고 캐리어를 땅에 질질 끌며 수화물을 붙이는 재미가 있는 것이 여행이라 생각하기로 했다(참, 배도 인정). 여기에서 만난 모두가 부러웠다. 그래서 또 다른 다짐을 했다.

'그래, 어차피 해외여행은 힘들 것 같고, 제주도만큼은 자주 오자. 제주도도 비행기 타고 가방 메고 오는 여행이니까.'

여권도 없고, 어떻게 만드는지 모를 때였기에. 차후 알았다. 사진 들고 시청 가면 된다는 것을. 혹시나 하는 마음에 몇 년이 지나 여권을 만들기는 했는데, 아직 여권에 도장 한번 찍어 보지를 못했다. 나도 해외여행 가보고 싶다. 아니 도장만이라도 찍고 싶다.

"왜 제주도는 도장 안 찍어주시나요…."

그럼 벌써 모두 채웠을 것인데. 여권에 담겨 있는 범죄자 같은 증명사진, 결국 도장 한 번 찍지 못하고 곧 만기가 다 되어 가는 게 슬픈 현실이다.

신나는 음악은 필수. 라디오 볼륨을 높이고 달리다보면 이상하게 주파수가 맞지 않는 곳이 있다. 시와 시의 경계점에서는 주파수를 다시 맞추어야 한다는 약간의 불편함이 있지만… 뭐, 이정도 쯤이야.

해안 절경이라는 곳은 다 돌아다녔다. 하나도 빠짐없이.

마지막 날 저녁. 화순 금모래해변에 위치한 카페 겸 게스트하우스를 찾아 갔을 때 본 부부가 이불을 개는 모습. 그 모습이 나에게는 너무나도 따뜻해 보였다.

"따뜻하다. 포근하다. 행복하구나!"

짐을 풀고 주인장께 근처 먹을 만한 곳, 맛집을 물었는데 "여긴 드시러면 차로 나갔다 오셔야 해요."라는 답만 들었다.

결국 그날은 그냥 편의점 털이로 어려운 고민 끝에 간단히 해결.

'라면이냐, 김밥이냐, 컵밥이냐, 어묵이냐, 피자냐, 만두냐…'

뭐가 이렇게도 많은 건지.

해안에 위치한 게스트하우스였기에 숙소로 돌아오는 길에 있는 백사장 옆 벤치에서 혼자 분위기 잡고 입가심으로 가져온 맥주를 마시려던 그 순간, 뜻밖의 일이 일어났다.

첫날 게스트하우스에서 만났던 의사 선생님을 여기서 또 만난 것이다. 이런 일이 있을 줄 생각도 하지 못했는데, 제주를 자주 오신 이분의 말로는 종종 있는 일이라고 한다. 난 이 모든 게 신기한 상황. 이것도 인연인가? 아니, 어떻게 첫날과 마지막 날을 함께 할 수 있냐고. 어떻게 수많은 숙박 시설이 있는 이곳에서 다시 만나게 되냐고.

그렇게 또 남자 둘만의 수다 시간이 시작됐다. 남자들끼리 있으면 서먹서먹하고 말도 별로 없을 것 같은데 우리는 마치 예전부터 알고 지내던 친구처럼 술에 취해 풍경에 취해 이것저것 수많은 얘기를 나눴던 것이다. 그때 알았다. 의사 선생님도 스트레스를 엄청 받는다는 것을.

여행지에서 만나 여행이라는 공통점을 두고 일상이라는 주제로 많은 이야기를 나눌 수 있다는 게 참 재미있고 설렐 쯤, 뚜벅이 걸음으로 모자(母子)가 등장했다. 올레길 투어 중이라고. 정말 대단하시다. 아들은 하소연하거나, 힘든 표정을 짓거나, 얼굴 구기는 일 없이 천진난만한 모습. 엄마와 함께여서 그런지 웃음이 가득해 보인다. 저런 게 행복이구나!

이렇게 제주의 마지막 여름밤은 나도 모르게 웃음 짓는 밤이 되었다. 하늘에 떠 있는 많은 별 중에 하나가 아니라 그 수많은 별을 스쳐 지나가는 별똥별이 된 것 같은 기분.

마지막 날 아침, 인근 용머리 해안에 있는 산방 연대에 올랐다.

좀 더 높은 곳에서 일출을 보고 싶어 찾던 중, 멀리 연대가 보인 것이다. 삼방연대에서 내려다보이는 용머리 해안과 전경. 그리고 쏟아져 내려 바다에 반사되는 빛. 정말 대단하다. 지금까지 살면서 그렇게 웅장한 빛 내림은 처음으로 보았던 것이다.

흐린 날 속 잠시 내게 보여준 빛 내림을 끝으로 나의 제주 첫 여행이 끝났다(지금은 자주 본다. 아니, 보고 싶을 때면 언제든 볼 수 있다. 볼 때마다 좋다). 그때의 설렘과 기대를 가득 품은 채.

아쉽다. 벌써 공항에 도착.

게다가 비까지 온다.

비가 오면 가고 싶은 곳이 있었는데 비자림과 사려니 숲길.

두 곳 모두 비슷한 풍경 같지만 느낌은 완전 다른 곳이다.

　천년의 숲 비자림은 답답한 운동화를 벗어두고 맨발로 한 바퀴 돌아보기에 아주 적당한 곳. 숲의 제일 깊숙한 곳에 새천년 비자나무가 웅장하게 서 있다. 천년이란 세월이 흘러 나무가 보여주는 당당함과 곡선들. 이 나무에 비하면 우린 그냥 짧은 인생을 살아가는 하나의 동물에 불과할 뿐.

　그럼에도 이곳을 찾는 이유는 숲길을 맨발로 마음껏 누빌 수 있기 때문이다.

　사려니 숲은 사실 코스가 힘들다. 입구에서 입구까지 거리가 어마어마하다. 이곳을 관통하는 사람을 보기 힘들 정도로 긴 코스이다. 여기는 시간을 투자해서 천천히, 그것도 아주 천천히 즐기며 돌아봐야 한다.

　비자림에 비해 운치는 조금 약한 듯하지만, 둘 다 비슷한 공통점을 가지고 있다. 바로 비가 오는 날, 비가 갠 뒤 안개가 자욱한 날에는 숨겨두었던 아름다운 모습을 보여준다는 것이다.

안개가 자욱한 운치 있는 길. 발바닥을 간지럽히며 밟히는 작은 돌멩이들의 사각사각 소리를 듣고 나뭇잎에서 떨어지는 빗방울을 머리에 맞아가며 걸어보고 싶었던 것인데…

다음 기회에 다시 와야 하는 것인가.

제주도는 이상하다. 달리는 도중 비, 안개, 해님… 이것을 몇 번이나 경험했다. 도대체 왜일까?

여기 살면서 알게 되었다. 답은 한라산과 바람, 구름, 자연이 만들어내는 작품이라는 것을.

"한라산이 아주 가깝게 보이는 날, 가시거리가 아주 좋은 날은 3일 이내에 비가 온다."라는 제주 어르신의 말씀과 나 스스로의 체험으로 이 이유를 알 수 있었던 것이다.

한라산의 웅장함에 바람과 구름이 넘어가질 못하고 선회해 돌아가며 그 결과 바람이 모이는 곳, 즉 구름이 갈라졌다 모이는 곳에 구멍이 생기는 것이다. 그렇게 구름이 갈라지는 곳에서는 비가 내리고, 구멍이 생기는 곳에서는 해가 비치는 것이다.

몇 번이나 돌고 돌아 내가 직접 느꼈던 결과물로, 여기에는 기준점이라는 게 있다.

바로 날씨의 기준점.

제주시와 서귀포시의 경계점이라고도 볼 수 있는 곳. 그 기준점은 서쪽으로는 새별오름 인근이고 반대인 동쪽에는 김녕 인근이다. 남서풍이 불 때는 성산, 세화, 김녕이 맑은 날을 보여주고 북서풍일 때는 서귀포와 한림이 맑은 날을 보여준다고 생각하면 될 듯하다.

도저히 바람 방향을 모르겠다면 비행기가 이·착륙하는 모습을 보라. 그러면 바로 알 수 있다. 제주에 도착하는 비행기가 비양도에서 선회를 해서 공항으로 온다면 서풍이며, 바다에서 바로 직항으로 공항으로 내려온다면 북풍인 것이다. 비행기라는 놈은 거대한 자신의 덩치는 생각하지도 않고 조금 더 쉽게 뜨기 위해 바람을 마주 보며 신나게 질주하는 버릇이 있기 때문이다.

이런 날은 항상 한라산이 구름에 덮여 있는 모습으로, 해안도로에서는 멋진 광경을 즐길 수 있지만, 중산간 이상을 올라가면 소나기와 안개를 마주치게 된다. 안개도 보통 안개가 아니다. '안개주의'가 아닌 '앞이 안보임 주의'로 바꿔야 한다. 정말 아무것도 보이지가 않는다. 정말로 주의 이정표를 바꿔야 할 듯하다. 보이는 것은 전혀 없다.

'여기서부터는 안 보여요.'

가끔 날씨에 따라 제주시 내에도 산에서 내려온 안개(?)나 바다에서 올라온 해무(?)가 찾아온다. 두 녀석 중 어떤 녀석인지는 알 수가 없다. 새벽이 아닌 대낮 12시에 마을 전체가 안개에 뒤덮이는 경우도 있다. 이처럼 제주의 날씨는 사람의 마음을 들었다 놓았다 하며 사람을 가만히 두지를 않는다.

날씨와 사시사철 변하는 제주의 들녘이 보고 싶어서 틈만 나면 제주도를 찾았다. 자꾸 생각나고, 계속 오고 싶은 곳이 되었기에. 아마 그때부터 나만의 제주앓이가 시작된 것 같다.

1년 12달, 12가지 제주도의 모습을 보고 싶었다. 그래서일까. 올 때마다 나의 눈에 비친 제주도의 모습은 항상 새로운 색의 옷을 입고 있었다. 매번 내 마음을 설레게 하는 그 무언가가 있었던 것이다.

게스트하우스에서 만난 많은 이들이 내게 정신적 충격을 준 것 또한 사실이다.

많은 사람 중 창원에서 오신 아버지와 아들. 아들이 군대 가기 전에 추억을 쌓기 위해 올레길 투어를 하신다고(아마도 행군을 미리 연습 시킨 듯하다).

수원에서 온 간호사 아가씨는 일이 너무 힘들어 힐링을 위해 왔다고. 티베트를 공부한다는 젊은 친구. 난 아직 그가 공부하는 것이 무엇인지 잘 모른다. 하여튼 공부는 좋은 것이겠지. 대구에서 온 어린이 집 선생님, 친구들과 함께 온 하이킹 팀. 그리고 제주도 체험을 하기 위해 온 외국인까지. 이분들과 이야기하던 그때를 생각하면 지금도 웃음이 난다. 해녀 체험을 하고 싶어 장소를 찾고 있다는 것을 느끼긴 했지만, 영어 실력이 "꽝"인 나는 무슨 말인지 전혀 알아듣지 못하는 상태. 번역기라도 돌려야 하나 고민하는 내 등 뒤에 큰 팻말이 서 있었는데, 거기에 이렇게 적혀 있었다.

"해녀 체험 마을"

그리고 한글 옆에는 친절하게 영어로 번역까지.

다음으로 만난 건 둘만의 행복한 시간과 추억을 만들려고 온 커플. 이 커플은 나와 고향이 같은 곳이다. 육지에 있는 조용한 포장마차에 자주 간다는데, 내가 자주 찾던 곳이었다.

'역시…! 어머니 대단하십니다.'

나와 같은 동네 출신의 커플이 반갑기도 했지만, 무엇보다 나도 단골인 그 술집에 다닌다는 게 좋았다. 우연인지 모르겠지만 참 세상 좁다는 말이 여기에서 나오지 않았을까? 제주도에 여행 와서 옆 동네 사람을 만나다니. 다음엔 그 술집에서 다시 만나 한잔하기로 약속을 하고 이 커플과 함께 저녁 만찬을 즐기다 결국 필름이 끊겼다.

아침에 일어나 보니 커플은 벌써 다른 곳으로 가버렸고, 몸과 머리, 뇌가 따로 놀고 있는 상황이다. 머리를 흔들면 뇌가 흔들린다. 주위에는 아무도 보이지 않는다. 도미토리 방에 나만 혼자 남았다. 도대체 어제 얼마나 퍼마신 것일까? 나도 이러고 있을 때가 아니다.

대충 정신을 차리고 난 후 다시 시작된 제주 탐험.

어느 순간부터 마누라가 여행 내내 바가지 긁는 것보다 더 심하게 바가지를 긁어대는 내비게이션을 치워버렸다. "이쪽입니다. 저쪽입니다. 유턴입니다." 등 꼭 시키는 대로 해야 하는데, 정작 목적지를 설정하면 내가 아는 길보다 더 많이 돌아가는 경우도 있어 렌터카를 인수할 때 아예 치워버린다. 직원들과도 충분히 안면을 익혔기에 이젠 내가 내비게이션을 떼도 별 신경을 쓰지 않는다.

공항 안내소에서 배부해주는 지도 하나만 달랑 가지고 지도에 나와 있는 골목길이라는 골목길은 다 누볐다. 골목길을 지날 때 선을 그어 보기도 했는데, 그렇게 지도 위에 그림 놀이를 해보니 지도가 마침내 거미줄이 되어 버린 적도 있다.

제주도에 마일리지가 적용되는 렌터카가 있는데, 그곳에 차량 반납하러 갔을 때 담당 직원이 하는 말.

"제주도를 두 바퀴나 도셨네요! 그것도 3일 만에!"

제주도를 무지하게 많이 돌아다녔다는 것을 공식적으로 인정받은 느낌. 어떻게 보면 그것이 나만의 재미였던 것이다. 제주도의 숨은 비경을 이곳저곳 찾아보기. 첫 여행이 해안 절경을 배경으로 한 해안도로 코스였다면, 이때는 중산간을 신나게 누비고 다녔던 것이다.

늘 제주앓이를 해온 것은 틀림없다.

일상에서의 제주도는 나의 피난처라고 할 수 있었다.

　사람을 주눅 들게 하고 아무리 둘러보아도 답답한 한숨만 나오는 나의 일상들. 엄청난 스트레스와 고객과의 마찰까지⋯. 답답하다. 답답하다. 그러다 가끔 올랐던 오름에 대한 기억.

　그래, 이번에는⋯.

"오름 투어!"

　다랑쉬오름에서 바라보는 동쪽 풍경이 눈에 자꾸만 아른거릴 때가 있었다. 그래서 이번에는 오름 투어를 계획했던 것이다.

　제주의 수많은 오름 중 어떤 곳이 제일이냐고 물어본다면 "전부"라고 답할 수밖에 없다. 그게 현실이기에.

　오름에서 바라본 풍경은 말로는 설명하기 힘들다.

　들뜬 목소리로 다들 한결같이 이렇게 말한다.

"이게 현실이야?"

오름에 올라보면 내가 하는 말을 이해할 것이다. 아무것도 없을 것 같고 빈약해 보이는 오름이지만, 그곳에 올라 제주도를 내려다보면 나지막한 오름과 넓은 들녘, 그 너머로 펼쳐진 바다의 수평선 때문에 감탄밖에 나오지 않는다. 때로는 오름 정상에 앉아 책도 보고, 시원한 맥주도 한잔하고, 낮잠도 잤으면 하는 바람이 생기기도 한다.

올랐지만 내려가고 싶지 않은 게 제주 오름의 매력이 아닐까? 오름에서 바라보는 일출, 일몰, 억새군락, 이 모든 것이 사람을 유혹하는 것인지도 모른다.

오름 정상에서 책 읽기, 맥주 마시기, 낮잠 자기, 사진놀이….

세상 모든 게 전부 내 발밑에 있는 이것이 신선놀음 아닐까? 가끔은 송아지들이 찾아와 약간 긴장을 할 때도 있기는 하지만, 그래도 여행을 다니던 그때는 한 번도 해보지 못했던 이 신선놀음을 지금에서야 혼자가 아닌 둘이서 마음껏 즐기고 있다.

서부권 오름 중에서 내가 좋아하는 오름을 꼽으라면 새별, 군산, 정물, 금오름, 송악산일 것이다. 이 오름들의 정상에 오르면 마라도와 가파도가 한눈에 보인다.

이른 새벽. 나를 포함해서 많은 사람들이 찾아가는 곳은 성산일출봉으로 일출이 멋진 곳이다. 그런데 만약 일출이 아닌, 일몰을 보고 싶다면 수월봉을 추천하고 싶다. 절벽 위 높은 언덕에서 내려다보는 풍경이 아름다운 곳으로, 차량 진입이 가능하고 가장 편하게 일몰을 볼 수 있는 일몰 명소이다.

날씨가 좋은 날은 차귀도 옆을 살짝 넘어가 수평선 너머로 잠기는 해를 볼 수가 있다. 김녕을 시작으로 해서 수월봉 일대까지. 해안도로 전 구간에서 이 모습을 바라볼 수 있는 것이다.

다만 서귀포에서는 이 모습을 보기 힘들다는 것이 아쉬울 뿐이다.

가시거리가 좋은 날은 무조건 오름에 올라간다.

백약이, 동검은이, 다랑쉬, 따라비, 지미봉, 당산봉…. 동부권에서 내가 제일 좋아하는 오름들이다. 계절에 따라 우도와 성산일출봉 사이로 해가 뜨는 모습을 볼 수 있고, 안개가 내려앉으면 정말 예쁜 모습을 보여주기도 한다.

소풍을 간다는 느낌으로 가방에 맥주와 책, 김밥을 챙긴다. 그리고 오름 정상에서 그토록 해보고 싶었던 것을 즐기기 위해 오름을 오른다. 구름이 많은 날은 가끔은 작은 우산도 챙겨간다.

오름 정상에는 단점이 하나 있는데, 바로 그늘이 없어 해를 피할 수 없다는 것과 구름을 예상하지 못할 경우 정상에서 소나기를 만나 주차장까지 뛰어 내려와야만 한다는 것이다.

그때는 나도 그렇지만 여행객들도 잘 뛴다. 노루처럼 말이다. 여자들이 달리기 못 한다는 것이 거짓말로 들통나는 순간이다. 강한 비바람에도 자신의 스타일과 화장을 포기할 수 없는 그녀들은 소들이 심어놓은 똥 지뢰를 피해 무조건 뛴다.

오름에서 부는 바람은 그냥 정신을 차릴 수가 없다.

정신을 차리지 못하는 것은 기본이다. 이곳에서는 바람을 즐겨야 하며, 머리 스타일은 바람에 맡겨야 한다. 가끔 둘러보면 모든 사람이 이마를 드러내고 있으며, 남자고 여자고 머리끝이 하늘을 향하고 있다.

불어오는 똥(!) 바람에 마냥 버티고 서 있으면 자신만 더욱 초라해진다. 바보 같은 모습으로 바뀐다는 말이다. 가끔 오르기 전에는 선남선녀였던 커플이 내려오면 추남추녀로 변하거나 이제 막 잠에서 깨어난 모습으로 탈바꿈 하는 모습을 구경하러 가기도 한다.

오름 주위에 몰려 있는 먹구름들과 바람이 차가워지는 듯한 이 느낌!

'곧 소나기 내릴 텐데, 어떤 모습으로 내려올까?'

아마도 이것이 오름의 기본일 것이다.

하늘에서 내려다보면 별을 닮았다 하여 지어진 이름 새별오름.

이미 잘 알려져 있듯이, 특히 가을에는 억새로 유명한 곳이기도 하다. 사람이 많을 때는 줄지어 서서 올라가는 모습이 하나의 풍경처럼 보인다.

"누구처럼(!) 구두, 하이힐을 신거나 꽃무늬에 짧은 원피스를 입은 채 올라가지는 맙시다. 예쁘기는 하지만 뒷사람 감당하기 힘들어요."

"저 아직 총각입니다."

"오르막이라 숨이 벅차 잠깐 위를 보는데, 헉!"

짧은 치마를 입은 여성들이 정상에 올라서는 즉시 하는 행동이 있다. 거센 똥 바람을 생각하지 못하였기에 생기는 돌발 상황. 다들 뒤집어지는 치맛자락을 붙잡기에 바쁘다. 난 또 그 장면들을 즐긴다. 나에게는 단순한 주말. 하지만 눈이 즐거우니 이 또한 여행인 것이다.

새별오름은 봄이 되면 마을의 액운을 없애고 새해에 잘 풀리도록 억새를 태우는 들불축제가 열리는 곳이기도 하다. 본래는 정월대보름에 마을과 마을에서 열리던 들불놀이였는데, 그 행사를 하던 인파가 이곳에 모이기 시작하면서 축제가 되었고, 세계 유일 불을 소재로 한 세계적인 들불축제가 된 것이다.

들불축제의 하이라이트인 '오름 불놓기'. 이때 횃불을 나눠주는 장면이 있다. 이건 특정한 누군가를 선정하는 것이 아니다. 그냥 무대 앞에서 신나게 정신줄 놓고 놀다 보면 이런 소리가 들린다.

"줄 서 주세요."

사회자가 함성을 지르기 시작하는 이때가 바로 기회. 선착순으로 횃불을 쥘 수 있고, 그 거대한 새별오름에 불을 놓는 주인공이 되는 영광을 손에 넣을 수 있다.

내년에는 나도 불을 지피는 주인공이 되었으면 좋겠다.

이 축제를 보기 위해 찾아온 제주 도민과 여행객들로 들불축제장은 만석이 된다(자영업 하시는 분들도 이날은 휴무하거나 일찍 문을 닫고 여기에 오신다). 제주도에서 열리는 가장 큰 축제이기에 즐기러 온 사람들로 난리법석. 말 그대로 제주 잔치이다.

새별오름의 주차장은 그 어떤 축구장, 야구장의 주차장보다 규모가 크다고 할 수 있다. 아니, 아주 크다. 이 큰 규모의 주차장이 이날만큼은 공간이 부족해 주차 대란이 일어나기도. 혹시 오름 제일 가까운 곳에 주차를 했다면, 축제가 끝나고 집에 가는 길이 아주 길고 길다는 것을 몸소 체험을 해보는 것도 괜찮을 듯하다. 시간과 여유가 아주 많은 분들에 한해서 말이다. 축제가 끝난 것은 아니다. 무대공연은 남아 있기에 교통 혼잡에 짜증내지 말고 축제를 조금 더 즐기며 가시길. 제주도에서는 유일하게 이날, 이곳에서 어마어마한 교통 정체가 일어나지만, 기회가 된다면 들불축제 만큼은 꼭 보셨으면 한다.

가슴에 '활활' 타오르는 불을 지필 수 있게 말이다.

다시 찾아온 제주의 여름이 무섭다. 그냥 시원한 맥주 캔 하나 가지고 욕조 안에서 얼굴만 내민 채 나오고 싶지 않다. 적절한 표현인지는 모르겠지만, 마치 비 오는 날 온몸이 젖은 채 에어컨 실외기 옆에 서 있는 것 같은 느낌이다.

달리다, "와 여기 좋다. 구경하자."라는 생각에 차 문을 여는 즉시 꿉꿉함과 뜨거움, 끈적임이 좋다고 달려와서는 하루 종일 나를 괴롭힌다. 그 느낌을 여름이라는 계절 내내 달고 살아야 하지만, 태풍이라는 녀석이 잠시 스치고 지나가면 그 꿉꿉함마저 없어지고 하늘과 구름, 자연의 신비를 보여주기도 한다.

예전의 일이다. 여름휴가 계획에 동생들을 꼬드겼다.

"이번 휴가 계획 세웠니? 계획 없으면 나랑 제주도 가자. 렌트는 나랑 같이 하면 될 것이고, 너희는 비행기 표, 숙박, 먹을거리만 계산해. 그럼 비용이 많이 저렴할 텐데, 갈래?"

이 말에 쉽게 넘어온 녀석들. 동생들 모두 여행이라는 것을 몰랐을 때고, 제주도도 당연히 처음이었을 때다. 몇 년 전의 내 모습과 정말 똑같았다.

그렇게 계획은 일사천리 진행되었다. 나에게는 여행코스며 동생들의 머릿속에 남을 추억, 즉 재미난 게스트하우스나 이벤트를 찾아야하는 번거로움이 주어졌다. 하지만 처음으로 혼자가 아닌 다른 누군가와 함께하는 제주도 여행. 내가 느끼는 설렘은 더욱 커졌고, 그만큼 알차게 여행 루트를 구성했다.

이번에는 시계방향. 해안도로를 달려 그냥 스쳐지나가지 않고 가다 서다를 무한 반복. 그리고 차에서 내려 인증샷을 찍어댔다. 덥고 짜증나는 날씨지만 정말 이게 전부라는 듯이. 나이를 무시하고 신난 아이들처럼 그렇게 신나게 돌아 다녔다.

뻥 뚫린 시야. 표현하기 힘든 색깔의 바다. 어떻게 저렇게 깨끗할 수가, 어쩌면 이렇게 예쁠 수가…. 제주도를 자주 오던 내게도 제주도의 바다색은 신비 그 자체였고, 사람의 마음을 유혹하게 만드는 무언가가 있었다. 왜 육지의 어느 바다를 보고 있어도 이곳의 바다가 떠오르고 그리운 것인지…. 마음이란 놈이 머리의 허락도 없이 혼자 밀당을 하고 있는지도 모르겠다. 에메랄드빛 바다와 새하얀 모래, 그리고 바다 속까지 훤히 보이는 깨끗함이.

첫날의 게스트하우스는 산방산 인근의 게스트하우스. 시설이 너무 깔끔해서 대만족. 재미난 것은 이곳에서 우리가 너무 설쳤다는 것이다. 아무래도 너무 들떠 있었던 것 같다.

저녁 만찬, 일명 바비큐 파티를 참석하였는데 인원수가 대략 30명 내외. 이렇게 많은 사람과 만찬을 즐기는 건 나도 처음. 각자 자기소개를 한 뒤 흑돼지 바비큐에 술이 자리 잡았다. 우리도 한 테이블에 앉아 제주도 이야기, 내일 계획 등을 이러쿵저러쿵 떠들어 댔다. 합석에 합석이 겹치고 나중에는 완전히 야단법석. 정신을 차리고 보니 동생들은 숙녀 분들이 계신 곳에서 수다를 떨고 있는데 내 옆엔 남자들뿐.

웃긴 건 이 많은 사람들 중 내가 제일 연장자이며, 제주도라는 곳을 제일 많이 알고 있다는 것이었다. 게스트하우스 주인장도 잘 모르는 숨겨진 비경에 대해 이야기하면 어떻게 이 많은 곳을 알게 된 것이냐는 질문이 튀어나온다.

나는 "얼마나 자주 오고, 얼마나 돌아다녔겠냐."라고 대답할 뿐.

몇 년 전과는 완전 다른 내 모습에 으쓱하면서도 뭔가 억울한 건 왜일까? 이유는 간단했다.

"왜 내가 여기서 나이가 제일 많냐고!"

4인실인 우리 방. 아무도 없기에 우린 웃옷을 홀딱 벗은 채 우리만의 놀이에 빠졌다.

주제는 '고뇌!' 술도 마셨겠다, 기분도 좋아 카메라를 세팅하고 동생들과 함께 고뇌라는 주제로 세 명이서 포즈를 잡고 찍는 사진놀이에 빠졌다. 우리들만의 첫 제주 여행을 사진으로 기록한 것이다. 이 동생들에겐 잊지 못할 추억이 되었다는 것은 확실하다.

이때 분명 파티 전에 속옷을 빨아서 널어놓았는데, 아침까지 마르지 않았다. 그걸 그냥 다시 입었던 게 기억난다.

"가면서 마르겠지."

그렇게 엉덩이의 꿉꿉함을 잊은 채, 신나는 음악을 따라 부르며 즐기고 있을 때였다.

"형, 도로의 차들이 전부 웃고 다녀요."

"무슨 말이야?"

"차량 번호판이 전부 하, 하, 허, 호…."

도로를 다니는 차들은 렌터카였는데, 나도 몰랐던 사실이다. 또 터졌다.

'이 녀석, 보기보단 섬세한데?'

가끔 사진을 꺼내 볼 때 그때 생각이 많이 떠오르는 건, 아마도 이 친구들과 함께한 제주도에서의 추억 때문일 것이다.

술 깬다고 마라도에 짜장면과 짬뽕 먹으러 가기, 불 꺼진 성산일출봉에 올라가서 늦게까지 술 마시고 노상 방뇨에 고성방가(그땐 그곳이 자연 유산인줄 몰랐습니다. 정말 죄송합니다). 월정리 해변에서 술 마시고 모래 구덩이 파놓기(누군가가 넘어지길 바랐는데 아쉽게도 실패). 선상 낚시, 유람선, ATV산악 오토바이 타기, 제트 보트, 눈보라 치는 날 윗세오름 가기, 모두가 부러워하는 해안도로 옆 펜션에서 고기 파티 하기 등등….

그 많은 추억 중에서도 가장 기억에 남는 것은 기상이 최악인 날에 윗세오름 등반한 것이다. 그때를 생각하면 미안한 마음 가득이지만, 그래도 재미있었고 소중한 추억이 되었다니 고마운 일이다.

내게는 아름다운 제주도, 추억이 많은 제주도….

'여기서 살면 좋겠다. 제주에 계시는 분들이 부럽다.'

그런 생각을 할 때쯤 개인적 일로 직장을 옮겨야만 하는 일이 생겼다.

여기서 나의 직업을 잠깐 얘기한다면, 나는 차량을 정비하는 엔지니어이다. 차량을 고치는 의사라고 자부하는 사람이기도 하다. 혼자 가게를 운영할 수 있을 정도의 기술을 습득하고 있으며, 어느 곳에 가도 인정받을 정도의 일은 한다.

정비를 시작하게 된 것은 제대 후 직장(중소기업, 주야간 교대근무 회사)을 다니다 야간작업이 한창일 때, 옆에서 일하시는 반장님을 보고 있으려니 그냥 먹먹하다는 느낌이 들었기 때문이다. 연세도 있으신 분이 이 야밤에 졸린 눈을 비벼가며 일해서 한 달에 한 번 받는 급여로 살아가고 있다는 게, 이 일 말고는 할 수 있는 게 아무것도 없다는 게 내게 너무 충격적으로 다가온 것이다.

그 순간 회사의 형들, 반장님들, 조장님들을 식당에 불러 모았다.

지금 내가 생각하고 있는 게 맞는 것이냐고. 이 회사도 안정적이고 자동차 납품 1차 업체이기에 미래도 있지만, 내 인생, 내 일, 내가 하고 싶은 일을 하고 싶다고.

그러자 형들에게서 돌아온 답변은 이랬다.

"잘 생각했다."

회사에서 하는 단순한 일보다 자기 일을 찾는 게 좋은 것이라고. 지금 네가 그런 생각을 가지고 우리 앞에서 이렇게 의논하는 것이 좋은 방법이라고. 우린 이미 여기에 오래 있었고 가족이 있기에 어쩔 수 없다고.

그 말에 용기를 내어 직장을 그만두고 새로운 것을 찾아다녔다.

"정말 내가 하고 싶은 일이 무엇일까?"

무엇을 해야 할지, 나만의 일이 무엇일지 몇 날 며칠을 고민했다.

우선 생활을 해야 했기에 밤에는 대리운전을 하고 낮에는 여기저기 둘러보고 용역회사를 다녀보기도 했다. 정말 안 해본 게 없을 정도다. 그러던 중 부산 기장까지 간다는 대리운전 콜을 받았다.

"엇! 나 기장에 아는 사람 있는데."

아무 생각 없이 콜 접수 장소로 가보니 이것도 인연일까? 고객은 예전부터 나의 고물차를 고쳐주던 정비사 형이었다.

"형, 오랜만! 긴가민가했는데 역시 형이네."

"너 여기서 뭐 해?"

"직장 그만두고 그냥 심심해서 대리운전."

"야! 이 미친놈아, 그 좋은 직장을 왜 때려 쳤냐?"

이러쿵저러쿵.

"내일 할일 없음 가게에 놀러 와라."

이렇게 시작한 꼬맹이 정비사가 세월이 흘러 베테랑 기술을 가진 엔지니어가 되었다. 한 가지 일에 10년 이상 몰두하면 그 분야의 일인자가 된다는 말을 부정할 수 없는 것처럼.

이 일로 인정받고 내가 좋아하는 곳에서, 내가 좋아하는 일을 하며 즐기며 살아갈 수 있게 되었다.

'직업 참! 잘 선택했다.'

"재모야, 고맙다."

하지만 개인적 사정으로 옮기게 된 직장이 육지에서의 마지막 직장이 될 것이라는 것을, 제주도에 내려오게 된 계기가 될 줄, 그곳이 내 삶에서 육지와의 인연을 끊어버릴 곳이라는 것을 알지 못했다. 아니, 생각조차 하지 않았다.

그냥 자그마한 정비소.

그곳 사장님이 한동안 해외에 나가게 되어 급히 사람을 구하고 있는데 가서 좀 도와주라는 누군가의 소개로 가게 된 그곳.

"실력자니 믿고 일을 맡겨도 된다.", "그쪽에 있는 기사님이 배울 게 많은 사람이다."라고 전화로 내 소개를 했다는 지인의 말에 따라 면접 날짜를 잡았다.

"언제부터 일할 거냐?"

"언제든 전 상관없습니다. 당장 내일부터라도."

그렇게 새로운 곳에서 다시 시작. 첫 회식 때 그곳 사장님의 아들이자 새내기 정비원인 경진이가 말했다.

"형님과 함께 일해서 좋습니다. 고맙습니다!"

그게 입 발린 소리였다는 것을 후에 알게 되었다. 겉으로는 웃는 척, 챙겨주는 척 하지만 실제로는 마음에도 없는 소리를 내뱉으며 속으로 나를 경계하고 있다는 것을. 그 사실을 알았을 때는 이미 내 마음과 몸은 무너져 있는 상태였다.

"믿는 도끼에 발등 찍힌다더니, 뒤통수 맞는다는 게 이런 거구나."

경진이에게는 마음에 들지 않는 직원이 있었다. 그런데 계속 나에게만 눈치를 줄 뿐, 그만두라는 말은 하지 못하고 계속 나에게 은근히 압박을 넣었다. 나보고 그만두게 하라는 무언의 시위였다. 마음에 들지 않으면 직접 대면해서 이야기를 하면 될 것을 빙빙 돌려 내게 이야기를 한 것이다. 형이 데리고 온 동생 우리와 맞지 않는다고. 직책은 과장이었지만 그 말을 무시할 수 없었다. 결국 내가 함께 일하자고 데리고 온 동생을 내 입으로 그만두게 만들었다.

동생이 그만두고 난 후, 이제는 동생에게 불던 후폭풍이 나에게까지 불기 시작했다. 결국 이 사람들은 나와 동생 모두를 내쫓으려는 계획을 하고 있었던 것이다.

왕따에 무시까지…. 정말 어이가 없는 일의 연속이었다. 공과 사를 정확히 하자는 말을 듣는 건 기본이고, 내가 가게 분위기를 망치고 있음에도 소문이 더럽게 나서 갈 곳이 없기 때문에 머물고 있다는 식의 갖가지 추문이 언급됐다.

정말 내게는 충격 그 자체였다. 왜 나에게 그런 말을 하는지 알 수가 없었다. 아니 사람이 싫으면 싫다고 하면 될 것을 이런 식으로 사람 바보 만들고, 비꼬아서 말하고…. 심지어는 귀신 취급당한다는 느낌을 받기까지 한 것이다.

나에겐 그때 그 일이 너무 큰 한이 되었다. 그때 나 혼자 가슴 속에 영원히 가지고 있어야 할 마음의 병까지 생겼다.

지금 생각해보면 쓴웃음만 나온다. 어떻게 보면 서로가 맞지 않았던 것이리라. 그러니 서로의 잘못이 아니었을까?

"그때 왜 그랬어? 얘기나 들어보자."

하지만, 그날은 돌아오지 않는다. 어떤 이유인지는 몰라도 먼저 닫아버린 마음의 문은 결코 열리지 않는다는 것을 알기에.

하지만, 여자친구만은 아니기를 바랐는데….

경진이와 어떻게 할 것이냐는 말에 나도 모르게 그만 여자친구의 손까지 놓아버리고 말았던 것이다.

모든 게 전부 힘들었다. 누구에게 말을 할 수도, 하소연도 할 수 없으니 나 스스로 참고 또 참을 수밖에.

여자친구와의 다툼, 경진이와의 트러블, 모든 것들이 얽혀 복잡한 상태였던 것이다.

이곳에서 일을 하면서 만나게 된 여자친구, 사무 업무를 보는 연희와 경진이는 친남매 사이. 매일 얼굴을 맞대며 얘기를 나누다 친해진 연희와 나.

"이 과장님, 주말에 뭐 하세요? 저 주말에 이불 사러 가려고 하는데 함께 갈래요? 길을 잘 몰라서 그래요."

그때 부산에는 이불로 유명한 시장이 있었다. 우린 그렇게 이불을 사야한다는 명목으로 빠져나와 길을 잘 모른다는 핑계를 대며 경진이의 눈을 피해 첫 데이트를 즐겼다. 감천문화마을에 들러 데이트를 즐겼고, 돌아와서는 함께 고른 이불을 덮었다.

너무나 좋은 시간이었다. 아무것도 필요 없을 만큼. 오직 연희가 내 곁에 있다는 것만으로도 행복한 시간이었다.

"나 언제부터 좋아했어요? 급사빠(급히 사랑에 빠지는) 아니죠?"

"전에 너 사무실 계단을 내려올 때, 넘어질 뻔 했던 것 기억나? 그때 내가 연희 널 안았잖아."

"기억나요."

"나, 그때 연희 널 처음 안았고 네 손도 처음 잡았어. 그때부터야. 널 내품에 안아야겠다고. 내 사랑이라고. 이 여자라고."

"오빠는 하여튼 말은 잘해. 핑계는?"

"핑계 아니거든!"

"그런데 왜 내가 회사에서 오빠라고 부르지 않는지는 모르죠?"

"알고 있어. 경진이 때문이라는 걸."

"우리 오빠랑 자기랑 오해할까 봐! 오빠랑 함께 일하잖아. 만약 오빠라고 부르면 둘 다 처다볼 것이고, 그럼 우리의 비밀 연애는 들통나겠지. 비밀 연애는 자기랑 하는 게 처음이니까, 우리 조금 더 즐겨보자."

"난 들통나도 좋으니 공개 연애하고 싶은데."

"아직은 아니에요. 조금만 더 기다려줘요."

"흥! 연희 너 치사해. 너도 핑계는…."

"그래도 내가 지금 오빠랑 함께 이렇게 있다는 게 너무 좋아."

"연희야, 그럼 우리 함께 샤워할까요?"

"야잇! 변태 대마왕아!"

직장 근처에 있는 연희의 자취방. 우린 평일은 연희의 자취방에서 함께 지냈고, 주말이면 새 아파트에서 지냈다. 매일매일, 하루 종일, 24시간을 서로 볼 수 있다는 것이 너무 좋았던 것이다. 회사에서 손님이 연희에게 시비를 걸면 연희 곁에 다가가서 대신 막아주고, 힘들 때면 경진이의 눈과 직원들의 눈을 피해 몰래 어깨도 주물러 주고…. 그렇게 챙겨주었다. 그것이 나의 최선의 사랑이었다.

주말이면 자취방이 아닌 집으로 가서 엄마랑 함께 하거나 저녁에 오리불고기 파티를 하기도 했고, 가고 싶은 곳이라면 어디든 함께였다. 아무리 힘들고 피곤해도 이 모든 것이 나에겐 좋았다. 다른 누구도 아닌 여자친구를 위해서였으니까.

그렇게 우린 매일 웃고 즐기며 껌딱지처럼 꼭 붙어 다녔다. 그런데 연희가 가고 싶어 했고 꼭 가야만 했던 여수를 다녀오고 난 후, 밤새 잠도 못자고 뒤척이더니 결국 탈이 나고 말았다. 감기 옮길까봐 혼자 있겠다는 말에 집으로 가려다 다시 자취방으로 찾아갔다. 무작정 찾아간 자취방. 연희의 몸 상태는 완전 엉망. 단순 감기라고 생각했고 조금 나아진 줄 알았는데…. 회사에서 억지로 참고 버텼다는 것도 그제야 알았다.

"연희야, 괜찮아?"

"오빠, 나 말할 힘도 없어. 미안해 오빠. 밥도 못 챙겨줘."

"지금 밥이 문제냐?"

"오빠, 나 먼저 잘게."

손으로 이마를 짚었다. 대단한 열기다. 병원도 가지 않고 이렇게 버티다 니…. 이러다 쓰러질 것 같다는 생각이 들었다. 도대체 누가 이 아이를 이렇게 독하게 만든 것일까? 누운 지 몇 분이 아니, 일 분도 되지 않아 잠들었지만 계속 신음 소리를 내며 호흡도 불안정하다. 난생처음으로 어릴 때 엄마가 내게 해주시던 그 방식 그대로 세숫대야에 물을 받아 수건을 적시고 이마에다 올려주기를 몇 번이나 반복했다. 분명히 아파서 누웠고 잠들기까지 했는데도 자꾸만 뒤척인다.

새벽에 잠깐 눈을 뜬 연희의 모습. 이건 아니다. 아니, 오늘은 출근하면 안 된다. 무조건 쉬어야 한다.

"몸 어때?"

"나 지금 몸 엉망이야."

"연희야, 오늘은 쉬면 안 될까?"

"오빠도 알잖아. 우리 오빠랑 사장님이 허락할까?"

"아니, 사람부터 살고 봐야 할 것 아냐! 너희 식구들 너무 하는 것 아니니?"

이 말에 연희는 처음으로 내게 화를 냈다. 우리 가족 흉보지 말라고.

"난 너희 가족보다 연희 네가 더 소중하다고."

"오빠, 고마워. 나 조금만 더 쉴게. 나 오늘 조금 늦게 출근할래. 보고 싶어도 참아."

그렇게 아픈 아이를 두고 근심 가득한 얼굴로 출근했다. 연희는 몸이 좋지 않아 조금 늦게 출근한다고 보고를 올렸다.

또 성질이….

사람이 살고 봐야지, 아파서 다 죽어가는 녀석을….

커피를 마시며 경진이를 불렀다.

"동생 어때? 괜찮아?"

"저도 몰라요. 살아있겠죠. 조금 늦는다고 하니."

"야, 너도 너무 심하다. 그래도 동생인데. 몸 상태가 어떤지 전화라도 해보지."

"에이! 됐어요."

"넌 네 마누라랑 네 새끼만 소중하냐? 동생은? 그냥 오늘 하루 쉬라고 해. 애 더 힘들게 하지 말고. 사무실에 사람 없으면 우리가 더 힘들어지는 것 알잖아. 차라리 며칠 쉬고 몸 낫고 나서 출근하라고 해. 연희, 저 상태로는 무리야."

"사장님께 얘기해 볼게요!"

사장님이 자리에 계시지를 않아 경진이가 대리 업무를 보고 있는 상황. 하지만 사장님께 연희에 대한 보고는 올라가지 않았다. 혹시나 해서 연희에게 전화를 하니 먼저 하는 말.

"오빠, 회사 바빠요?"

"또! 회사 걱정이다. 몸은 어때, 괜찮아?"

"이제 출근하려고요."

"나오지 마."

"아니 너무 하는 것 아니에요? 내가 출근한다는데 이렇게까지 간섭을 해야 해요?"

"그래, 이번만큼은 간섭해야겠어. 너 몸 좋아질 때까지만."

그런데도 끝까지 나온다고 아우성…. 결국 참다못해 사장님께 직접 전화를 걸었다.

"요 며칠 동안 연희가 많이 아파하는 것 같습니다. 혹여나 해서 통화를 했는데, 이건 아닌 것 같아 말씀드립니다. 오늘만큼은, 아니 며칠 쉬게 해 주시면 안 되겠습니까?"

"자네가 그렇게까지 우리 연희를…."

"아니, 그런 게 아니고 몸이 안 좋다는 말입니다. 저 사장님께 부탁드리는 겁니다. 며칠 쉬게 해주셨으면 합니다."

"그래. 자네 부탁이고, 현장을 제일 잘 아는 건 자네니까. 내가 직접 연희에게 전화하겠네."

"감사합니다. 사장님."

"아니, 이런 것으로 무얼. 그러고 보니 자네, 내게 처음 부탁한다? 그렇게 똑 부러지게 일을 하는 놈이. 언제든 힘들거나 일 생기면 얘기해. 현장 일이든 개인적 일이든."

"제 성격 아시잖습니까? 저 할 수 있는 한 끝까지 하는 놈이라는 걸."

"그래. 그래서 난 우리 경진이보다 자네가 더 믿음이 가."

그렇게 확답을 듣고 경진이를 찾았다.

"뭐 해?"

"그냥. 잡다한 것 정리요."

난 여자친구가 오늘, 아니 며칠을 쉴 수 있다는 것이 기뻤다. 퇴근해서 또 병수발을 들어야겠지만, 그래도 여자친구가 쉴 수 있어서 다행이란 생각에 기분이 정말 좋아졌던 것이다.

"경진아, 넌 왜 동생을 그렇게까지…."

말이 채 끝나지도 않았다.

"지가 할 줄 아는 게 뭐가 있어요? 조금 아프면 아프다고 티를 다 내면서 사장님께 전화하고. 형, 저 봐요. 제가 아프다고 출근 못 하거나 늦게 나온 적 있었나요? 없죠? 그게 전부 정신력이라고요."

"너 말을 해도 심하게 한다? 그래도 동생인데."

"형, 그냥 갈 데 없고 할 줄 아는 게 없어서 내가 여기 경리로 앉혀 놓은 거예요. 저러다 시집가면 다행이죠. 저 성격에, 누가 데리고 가겠어요?"

"여기까지만 들을게. 나, 누구보다 너희 집안 사정 잘 아는 놈인 거 알지? 너랑 동생이랑 어떻게 자라왔는지 너도 나한테 얘기했고! 그런데 지금 동생을 두고 그딴 식으로 얘기해? 야! 이 썩을 놈아! 경리이기 전에 네 동생이야! 그리고 연희도 사람이다 이 새끼야!"

사실 연희도 하고 싶은 게 많은 아이다. 다만 오빠와 식구들만 몰라줄 뿐.

그렇게 경진이와 약간의 말다툼 아닌 말다툼을 할 때였다.

왜. 왜. 왜 나왔냐고.

그렇게 얘기했고, 사장님께 부탁까지 했건만…!

"사장님께 전화 왔었어?"

"오빠가 부탁한 거야? 고마워요. 아침에 짜증내서 미안해요."

"왜 나왔어! 쉬지."

"우리 오빠가 사무실 일 진행이 안 된다고 해서."

"너희 오빠, 경진이 참 대단하다. 버틸 수 있겠어?"

"버텨 볼게요. 출근했으니까. 다만 내 옆에 있어야 해요? 나 쓰러질지도 몰라요. 그때 나 옆에서 꼭 잡아줘야 해요."

결국 그날 이후 더욱 몸이 악화된 상황. 동생이 아픈데, 딸이 아픈데 어떻게 식구들은 밤새 전화 한 통 없는지….

경진이를 비롯해서 연희의 어머니, 경진이 와이프까지 하루에 한두 번씩 사무실에 나와 서로 얘기도 하고 장난도 치는 그런 친숙한 모습을 보였는데…. 분명 많이 아프다는 것을 알고 있을 것인데…. 평소에는 '언니', '동생' 하면서 어찌 이렇게 매정한지.

연희는 이 사람들에게 가족이 맞기는 한 걸까? 가족이지만 거기에 별다른 의미는 없는 형식적인 가족이란 느낌이었다. 필요 때문에 서로에게 오가는 가족. 정말 어이가 없다.

아파서 잠들어 있는 연희의 얼굴을 보고 있으니 미워하면 안 되는 사람이라는 걸 알면서도 그들의 행동에 분노와 증오가 치밀어 올랐다. 혹시나 해서 계속 연희의 전화벨이 울리기를 기대해 보았지만, 결국 새벽까지 전화기는 울리지 않았다. 짜증 나고, 속상하고, 화가 치밀지만, 그래도 내가 안고 가야 하는 사람들이다. 연희를 위해서… 말이다.

토요일, 연희가 퇴근하고 난 후.

"어때?"

"괜찮아요! 집에서 쉴게요."

"연희야, 그냥 우리 집에 가자."

"어머님이 이 꼴 보면… 저 혼나요. 집에서 혼자 쉴게요."

그렇게 전화를 끊고 나도 퇴근. 하지만 집에 가지를 못 했다. 아니, 갈 수가 없었던 것이다.

연희의 집 앞. 혹시나 해서 걱정이 되어 집 앞에서 두 시간 정도 기다렸을 때쯤, 다시 걸려온 전화.

"어디에요?"

"너희 집 앞!"

"바보야, 집 앞에서 뭐 해?"

"네 전화 기다렸어. 너 아프잖아. 비상대기."

"다행이다. 오빠, 나 오빠 집 갈래! 어머님이 해주신 밥도 먹고, 주말에 오빠 집에서 편히 쉬다 올게."

"당연히 그래야지. 왜 그렇게 고집을 부렸어?"

자취방의 문을 열고 들어서는 순간 보인 여자친구의 모습은, 기운이 하나도 없어 누군가가 툭 건드리면 넘어질 듯한 모습이었다.

"연희야, 너도 대단하다. 빨리 집으로 가자."

"오빠, 나 너무 힘들어."

"배고프지? 아무것도 먹지 못했잖아."

"조금이요."

"그럼 연희가 좋아하는 국밥 먹고 들어가자."

"안 돼요. 어머님 기다리세요."

그렇게 저녁도 먹지 못하고 집에 들어서는 순간, 여자친구는 늘 하던 대로 비밀번호를 누르고 문을 연다.

"어머니, 저 왔어요."

꾸벅하고 인사하는 여자친구.

"애가 왜 이래? 기운이 하나도 없어 보여."

"감기 걸렸는데, 조금 많이 아파서 그래요."

"넌 여자친구를 어떻게 했기에…."

"아니 그게 아니고…."

"예! 맞아요, 어머니. 오빠가 밤새 잠 안 재우고 저 괴롭혀서 이렇게 됐어요. 오빠 혼내 주세요."

도대체 이건 또 무슨 상황인지 모르겠다. 웃어야 하는 건지 울어야 하는 건지…. 좀 전까지 다 죽어가던 연희의 모습은 어디로 갔나요?

"어머니! 저 맛있는 것 해주세요."

하지만 그 모습도 얼마 가지 못했다. 저녁을 먹고 나서 도저히 참다못한 여자친구는 결국 쓰러졌다. 병원에 데려가고 싶었지만, 그럴 수 있는 상황이 아니었다.

"엄마, 나 연희 좀 돌봐줄게."

다음 날 아침. 여자친구의 얼굴에는 생기가 돌기 시작했다. 반면에 난 폐인에 가까운 모습이었다. 새벽까지 식은땀에 젖은 옷을 몇 벌이나 갈아입혀야 했고, 끙끙 앓는 소리에 계속 입 맞춰줘야 했다. 게다가 잠들어 있는 여자친구가 조금이라도 뒤척이면 혹시나 하는 마음에 잠도 제대로 자지 못했다.

그때 엄마의 노크.

"연희야, 어떠니? 괜찮아?"

"예, 어머니. 저 많이 괜찮아졌어요."

그리고는 방문을 열고 불쑥 들어오신다. 한 손에 이상한 즙을 담은 머그컵을 가지고.

돌발 상황이다. 이불 속에 숨은 우리는 일어설 수도 어떻게 할 수도 없는 상태. 서로의 손을 꽉 잡는 것 정도만 가능한, 난처한 상황이었다. 하지만 어머니도 눈치 백단이시다.

"연희야, 이거 마셔. 다 마셔야 해."

"어머니, 그게 뭐예요?"

"감기에 좋은 민간요법이야. 너 어제 기침 많이 하더라. 그리고 이놈아! 넌 연희 좀 그만 괴롭혀라."

그 말 한마디 던지시고는 방문을 조용히 닫고 나가신다. 왜 자꾸 나에게 불똥이 튀는 거지….

여자친구는 어머님이 가져다주신 차를 살짝 입에다 대고는 내게 넘겼다.

"오빠, 이거 마셔."

"왜?"

"이건 사람이 먹는 게 아니야. 먹어봐."

"조금 강도가 세긴 하네. 그래도 먹을 만한데… 아! 연희 너에겐 맞지 않을 수도 있겠다. 나 어릴 때부터 민간요법으로 많이 먹던 거야. 기침이나 감기에 특효약. 원래 물에 희석해서 먹는 건데, 너 아프다기에 엄마가 원액을 많이 타신 듯해."

그렇게 억지로 연희에게 차를 먹이고 우린 또다시 잠들었다. 점심 때 챙겨주신 밥을 먹고 또 잠들고… 엄마는 여자친구가 아프다는 이유로 우리가 그냥 푹 쉴 수 있도록 놔둔 것이다.

늦은 오후 무렵 다시 돌아가야 하는 자취방.

"몸 어때?"

"오빠. 오늘은 그냥 오빠 집에서 하루 더 있고, 우리 내일 아침 일찍 출근하자. 어머님께서 챙겨주시는 것 조금 더 먹어야 할 것 같아."

그날 우리는 어머니가 만들어 주신 민간요법의 음식을 다 먹었다. 신기한 것은 다음 날 여자친구의 몸이 엄청 좋아졌다는 것이다. 눈으로 보고도 믿기지 않을 정도였다.

"오빠! 어머님 대단하신 것 같아. 나 몸이 완전 풀렸어. 오빠 집에 요양하러 더 자주 와야겠어. 오빠보다 어머님이 더 좋아. 처음으로 엄마한테 사랑받았다는 느낌."

연희의 본 모습은 그렇게 해맑은 모습이었다. 그런데 그렇게 해맑게 웃는 연희에게 하지 말았어야 할 내 인생 최악의 실수를, 미친 짓을 저지르고야 말았다. 연희를 자취방에 혼자 두고 나와 버린 것이다.

내가 나쁜 놈이 맞긴 맞나 보다. 해서는 안 되는 짓을 했고, 다투지 말아야 할 일로 다투고 말았다. 언제부터일까? 마음의 문을 닫은 경진이와 연희와의 다툼. 모든 것이 무너져 버렸다. 그리고 연희는 얼마 후 출근도 하지 않고 사라져 버렸다. 너만은 아니길 바랐는데….

일주일 뒤 다시 돌아온 그녀의 얼굴에는 이 모든 것이 나 때문이니 빨리 여기를 그만두라는 눈빛만 남아 있었다. 어느새 모든 게 내 탓으로 바뀌어 있었던 것이다.

처음에는 먼저 다가갔다. 내가 먼저 다가가면 언젠가는 담고 있는 속마음을 풀지 않을까 해서. '적은 만들지 말자.'는 말처럼 허물없이 지내고 싶었다. 하지만 그럴수록 경진이는 말문을 닫아버렸고, 나를 싫어한다는 내색은 점점 더 강해졌다.

회식 때 내 옆자리에 앉았던 경진이. '나'라는 존재가 보이질 않는 건가? 바로 옆자리인데도 소주 한 잔 받아 보질 못했다.

'내가 안 보이나? 귀신인가?'

마주 보고 있던 큰 형님이 집에 가려는 나를 붙잡았다.

"이 과장이 참아. 아직 어린애들이잖아."

"전 괜찮아요. 저 녀석의 마음에 안 드는 뭔가가 저한테 있겠죠."

형님에게는 이렇게 이야기했지만, 가슴 속으로는 울고 있었다. 그때가 12월 중순. 왜 그런 식으로 나에게 행동했는지는 연희가 예전에 미리 해줬던 말이 있기에 대충은 짐작하고 있었다.

"오빠, 울 오빠가 오빠를 경계하는 것 같아. 그리고 사장님도 오빠를 더 믿어."

"난 상관없어. 경진이나 사장님과의 관계 같은 건. 난 너만 있으면 돼."

하지만 그때 경진이가 내게 보여준 모습은 돌이킬 수 없는 행동이었다. 서로에 대한 감정의 벽이 너무 두껍게 쌓여만 가고 있었던 것이다.

연희를 통해서 어떻게든 그 벽을 허물고는 싶었지만, 언제부터인가 연희

또한 경진이의 말에 동화되기 시작한 것인지 나에 대한 그녀의 마음이 어느 순간부터 경계심으로 바뀌어 있다는 것을 깨닫게 되었다.

물론 확실하지는 않다. 당사자 입에서 들은 것이 아니었기에. 아니, 들을 수조차 없었다. 어떤 이야기를 하면 경진이의 경우 도중에 듣기 싫다는 표정으로 자리를 피했고, 경진이와 연희가 이야기하는 와중에 내가 사무실에 들어가면 언제 그랬냐는 듯이 말 한마디 하지 않았으니까. 결국 나 혼자 그렇게 느끼고 받아들일 수밖에 없었다.

그 사람들의 모든 행동과 표현이 날 그렇게 만들어 버린 것이다.

대단한 피붙이들이다. 언제는 좋다고 붙어 다니던 사람이, 고맙다고 하던 놈이 한순간에 사람을 바보로 만들어버리니 말이다.

'당신들 집안 권력 싸움에 난 아무 관심도 없다.'

뺏으려는 자와 지키려는 자. 그리고 뒤통수 맞은 나. 웃긴다. 난 열심히 일만 할 수 있으면 되는데. 가게에 대해선 아무 생각도 없는데. 정말 어이없는 것들이다.

잠을 이루지 못했다.

연희와의 관계. 경진이와의 관계.

어디서 잘못된 것일까? 누구의 잘못일까? 어떻게 풀어야만 하는 걸까?

아무리 술을 먹고 자도 새벽 2~3시면 눈을 뜨는 이유가 뭘까? 그렇게 천대받으면서 출근 준비를, 또 출근을 하는 이유는?

직장을 옮기려고 해도 계절상 정비일은 겨울이 비수기라 사람 구하는 곳이 드물다. 구인광고 모집을 아무리 찾아봐도 사람을 구하는 곳은 없었다. 모아둔 돈도 없는데 어떻게 해야 하는 건지. 그때는 있는 돈, 없는 돈, 대출까지 받아 집을 마련한 시기라 여유 자금이라고는 하나도 없는 상태였다. 결국 매일매일 힘겹게 출근하고 무시를 당하면서도 버텨야 했다. 아니, 이 악물고 버텼다. 일자리가 생길 때까지.

'질 수 없다'는 생각도 들었다. 나를 가지고 놀았다는 느낌이 들었으니까.

살이 빠진 것은 당연하다. 모처럼 오신 손님이 하시는 말씀.

"이 과장 요즘 무슨 일 있나? 얼굴에 뼈밖에 없는 게…"

그럴 때쯤, 제주도에서 지내는 동생에게 전화를 걸었다.

만나서 이야기 좀 하자고. 동생 또한 나와 같은 정비 일을 하고 있기에 누구보다 내 심정을 잘 알고 있었고, 예전에 둘이 엄청나게 다툰 그 사건 이후 여자친구를 위해 고향인 제주도에 내려가 지내고 있었다.

1월 중순. 다시 찾은 제주도.

어디에서 낚시하고 있으니 찾아오란다.

"요 녀석 봐라?"

형 마음은 가시방석인데 동생이란 놈이 형님을 불러 놓고 이리 오라 저리 오라다. 녀석들이 낚시하는 함덕 서우봉의 반대편 북촌 절벽에 도착. 대충 전화상 어디라고 하면 다 찾아낼 수 있을 정도로 익숙한 제주도의 길이기에 찾아가는 것은 그리 어렵지 않았다.

첫 마디가 더욱 충격적이었다.

"형! 얼굴 왜 그래? 밥은 먹고 다녀? 당장 때려치우고 내려와."

"왜! 내가 어때서?"

"개가 좋다고 달려들겠네. 얼굴 꼬락서니가 그게 뭐냐고. 뼈밖에 안 남았잖아. 왜, 좋아하는 일을 그렇게 힘들게 해?"

그냥 일방적으로 혼나기만 했다.

"너 동생 맞아?"

"형이 내 동생이었으면 죽사발 감이다. 형! 우리 사장에게 애기해놓을 테니까 짐 싸서 내려와."

그렇게 다짐을, 아니 약속 아닌 약속을 받고 돌아오는 길. 성산에 들러 연희가 좋아하는 망고 주스를 포장했다. 차마 연희 자취방의 문을 열 자신이 없어 노크도, 전화도 하지 못한 채 현관문 앞에 몰래 걸어두기만 했다.

"연희 네가 좋아하는 거잖아. 누가 뭐래도 난 네 편이고 싶어. 제주에 들렀다가 네 생각이 나서 가지고 온 거야."

이 망고 주스의 의미는 '나 이제 곧 제주에 내려간다.'는 것이었다. 정리하고 내려가려면 3월 말까지는 버텨야 했다. 제주에 내려가서 지낼 단칸방이나 원룸을 구할 밑천이 있어야 했기에. 결국 돈이다. 돈이 없는 것이다.

그렇게 또다시 없는 존재로 지내야 했던 두 달의 시간.

처음으로 병원에 가서 신경안정제를 처방받았다. 보름치를 달랬는데 특수 의약품으로 분류되어 있어서 안 된다고 결국 3일마다 들러서 처방을 받았다.

단골손님이자 내 담당이 되어주신 의사 선생님이 말씀하셨다.

"그만해. 이 약 계속 먹으면 자네만 더 힘들어져."

"두 달만 버틸 수 있게 해주세요."

"그 뒤에는 답이 나와?"

"예. 저 두 달 뒤에는 제가 원하는 곳에 갑니다."

안정제를 두 달이나 먹으며 억지로 버텨야만 했다. 약을 먹지 않으면 견딜 수가 없었다. 손과 마음이 떨려 연장을 잡을 수조차 없었다. 터질 듯한 심장. 자꾸 조여만 오는 압박감. 마음 같았으면 그냥 쥐 패버리고 공구통 엎고 나가버리고 싶은데, '아직 애다. 철부지다.' 이렇게 속으로 되뇌며 몇 번이고 나 자신을 다독여야만 했던 것이다.

두 달 만 버티자. 집 구할 돈을 조금만 더 모으자.

돈도 중요하지만, 돈을 모아야 한다는 압박감보다 더욱 나를 힘들게 한 것은 그 사람들이 하는 모든 행동이었다. 이제는 인사조차 받아주질 않는다. 경진이의 어머니와 경진이의 와이프까지. 그들에게는 난 보이지 않는 존재가 되어 있었던 것이다.

너무 힘들다. 아니, 그만하고 싶었던 게 사실이다. 직장이 아닌 내 모든 것을. 그나마 버틸 수 있었던 것은 약의 효능 때문이다. 사람의 기분을 묘하게 만드는 기능이 있다는 것을 처음 알았다. 왜 정신 의약품인지, 왜 그렇게 처방하고 관리하는지 깨달았다. 다시는 복용하고 싶지 않은 약이다.

약을 먹지 않았다면 아마도 내가 어떻게 되었을지도 모르는 그때 그 순간. 나에게는 비참한 순간이었고, 최악의 직장이었다.

남은 두 달 동안 그렇게 약으로 버티며 내 주위를 정리하고 있었는데, 가장 큰 문제는 바로 엄마를 설득하는 일이었다.

제주도는 마지막 비행기가 떠난 이후 아침 첫 비행기가 들어오는 시간까지는 고립된 섬이 된다. 그 빈 시간에는 그 누구도 나가거나 들어오지 못한다. 그것을 알고 있음에도 나 혼자 살겠다고 제주도로 갔다가 혹여나 어머니가 잘못된다면 어떻게 될지 걱정도 했다. 혹시나 밤에 무슨 일이 생기면 찾아올 수도 없는데. 어머니에게 급작스런 일이 생기면 내가 할 수 있는 게 아무것도 없는데. 그래서 생각에 생각을 거듭했지만 결론은 같았다. 그래서 엄마를 엄청나게 설득했다.

못난 막내아들 더 이상 여기 있으면 죽을 것 같다고.

"엄마! 나도 살고 싶어."

결국 이 말에 엄마가 포기를 하셨다. 아니, 아들을 살리기 위해 아들의 소원을 들어주신 것이다.

"그래! 네가 살아야 나도 사는 거다. 그곳에 가서 잘 지내라. 아프지 말고."

당시, 나에게는 작은 소망이 있었다. 새로 산 아파트에서 엄마와 나, 연희, 그리고 연희를 닮은 아이와 오손도손 살아가고 싶다는 소망.

하지만 그 꿈은 결국 이루어지지 않는 꿈이었다. 주말, 햇살 가득한 거실에서 여자친구와 엄마가 함께 누워 노래자랑을 보던 행복한 순간. 꼭 모녀가 찜질방에 온 듯한 그때 그 모습. 그 모습이 내겐 마지막 행복이었을까?

그렇게 어머님에게 확답을 듣고 3월 28일 회사를 그만두었다. 우연일까? 어떻게 그리 비가 많이도 내리는지. 퇴근길, 집에 잠시 들려 어머니에게 인사를 드렸다. 저녁은 차마 먹지 못하겠다고 낮에 얘기했더니 가는 길에 먹으라고, 속 든든히 하라고, 그곳에서도 밥 거르지 말라고 말씀하시며 김밥을 건네주셨다.

"무얼 이런 걸… 나 소풍 가는 거 아니거든?"

"밥 꼭 챙겨 먹고 다녀!"

"엄마! 저 가요. 자주 놀러 올게요. 휴가 때도 명절 때도. 이젠 집이 게스트하우스다. 오예! 앗싸! 음식 잘하는 주인장도 있고 모든 것이 공짜다! 좋네. 숙박비는 해결!"

그렇게 있는 힘껏 웃겼다. 그렇게라도 해서 엄마를 웃게 만들어야 했기에. 뒤돌아서는 순간 쏟아지는 눈물을 엄마에게 들킬 뻔했다.

어렵게 장만한 전망 좋은 내 집에서는 몇 달 살아보지도 못하고 연희와의 추억이 있는 장소가 되어버린 곳. 그리운 나의 집.

사랑? 배신감? 도대체 무얼까? 내가 왜 이렇게까지 되었을까?

어머니가 만들어 주신 김밥을 챙겨 들고, 연희의 불 꺼진 자취방 문 앞에 작은 선물(좋아하는 것과 약, 그리고 화장품 등)을 두고 여수로 출발.

도망치듯 가는 것이기에 누구에게 말도 하지 못했고 연락도 하지 못했다. 나처럼 퇴근 후 바로 짐 싸서 제주도로 도망치듯 가는 사람이 어디 있겠는가. 큰 잘못을 저지르지 않고서는 말이다.

요금소를 지나는 순간, 그동안 혼자 가슴 속에 숨겨왔던 모든 것이 한순간에 터져버렸다. 한 맺힌 울음.

마음껏 소리 내어 울고 싶었는데 아무리 크게 소리를 지르려 해도 목소리가 나오질 않는다.

남자는 세 번 운다고? 거짓말이다.

운전이 힘들 정도로 울며 도착한 여수 터미널. 육지에 있을 때 워낙 많이 싸돌아다녔기에 찾는데 그렇게 힘이 들지는 않았다. 터미널에 도착하니 내가 탈 배에 시동이 걸려 있는 게 보였다.

3시간 정도 남짓 남은 시간. 김밥을 먹었다. 아니 그 자리에서 먹어야만 할 것 같았다. 괜히 놓아두었다가는 엄마의 마지막 김밥을 먹지 못하게 될까봐….

배는 고프지가 않았지만 그렇게 꾸역꾸역 억지로 목구멍으로 넘겼다.

그리고 또 운다. 울고 또 울고….

얼마나 울었을까? 살면서 이토록 많이 울어본 적은 없었다. 차를 배에 선적하고 올라간 특등실에서도, 갑판에서도 눈물은 멈추질 않았다(본래 일반실로 예약을 하였는데 평일이라 사람이 없어 특등실로 옮겨주신 것이다). 새벽에 출항한 배는 오후가 되어서야 제주도를 내게 보여 주었다.

그러고 보니 배로 제주도를 오는 것은 처음이네.

"이곳에서, 다시 일어서야 한다. 살아남자."

'갈 곳이 없어 어쩔 수 없이 이곳에 있다는 그 말…'

그 마지막 말을 되새겼지만, 그 말의 뜻을 알아내지 못했다. 결국 영원히 풀어야 숙제가 되어 버린 문장이다.

눈앞에 보이는 제주도. 그토록 오고 싶어 하던 곳, 제주도다.

비록 과정은 잘못되었지만, 이유가 어떻든 이곳에서 살아남아야 한다.

시작. 시작이다. 여기서 인정을 받자.

배에서 내리기 직전, 육지에서 알던 사람들의 전화번호를 모두 지워버렸다. 연희에게 했던 나의 못난 행동과 실수보다도 경진이 그 친구가 나에게 했던 행동을 떠올리기 싫었다. 또다시 누군가를 알게 되는 것도, 누구와 연락하는 것도 싫었던 것이다.

모든 것이 싫었다. 대인 기피증이 생긴 것이다.

일만 하고 싶었다. 모든 걸 잊을 수 있게.

단지 그것뿐.

나에겐 아무것도 필요 없었다.

여객터미널을 빠져나와 곧장 동생이 일하는 가게로 향했다. 내가 다시 일어설 자리. 낯선 곳은 아니다. 예전에 동생 일하는 모습이 궁금해서 여행 때 찾아온 적이 있었기 때문이다. 덕분에 별 어려움 없이 찾아간 새로운 직장.

그때의 기억 덕분일까? 직원들과 쑥스럽게 인사한 뒤 사장님께서 잠깐 자리를 비웠기에 기다리는 중임에도 모든 게 익숙한 느낌이었다.

'그래, 또 다른 시작이구나. 사람 사는 게 참 우습다.'

그러던 중 안경을 머리에 걸친 채 걸어오시는 사장님의 모습. 첫 이미지는 개구쟁이 같은 고집이 센 모습. 거기에…

'앗! 보거스!'

옛날 만화 캐릭터랑 닮은 모습. 더욱 웃긴 것은 면접이 3분 만에 끝났다는 것이다.

'잉? 이게 뭐야…. 너무 쿨한 것 아냐?'

앞으로 함께 일할 사람이며 언제부터 일한다면서 다른 직원들에게 소개하는 자리가 있어야 하는 게 정석 아닌가?

그렇게 생각하고 있을 때 사장님이 하시는 말씀.

"힘들었을 텐데 며칠 쉬고 월요일부터 출근해."

그때가 3월 29일 오후 5시경. 면접을 본 다음 날은 목요일이었고, 여긴 주 5일 근무였다.

처음으로 하는 주 5일. 근데, 급여가 문제였다. 어느 곳을 가도 돈이 제일 걸림돌이다.

하지만 어쩔 수 없는 일이다. 사장님이 제시한 금액은 육지에서 받았던 급여에서 25% 정도 삭감된 금액이다. 제주도가 임금이 싸다고 동생에게 미리 듣기도 했고, 그럴 거라 예상도 했기에 최소 비용으로 살아갈 수 있는 법을 찾았다. 한 치의 실수도 용납이 되지 않았기 때문이다.

육지에 새로 산 아파트의 대출 상환, 보험, 펀드 등 이것저것 고정으로 나가는 게 너무 많은 상황이었다. 그렇다고 이것들을 해약하기에는 너무 아까워서 싫고… 결국 나의 모든 지출을 다시 계산을 해보았다. 급여를 받고 남는 돈은 80만 원. 이 돈으로 월세를 내고 생활비까지 지불하며 살아가야 한다니… 빠듯하다!

'어떻게든 되겠지. 조금, 아니 많이 힘들면 어때. 까짓것 해보는 거지 뭐!'

그렇게 시작된 일. 아니, 또다시 주어진 휴가 5일.

갈 곳이 없었다. 어딘가로 떠나고 싶지도 않았다. 그냥 일. 당시의 나에겐 무언가 몰입할 수 있는 것이 필요했다.

동생의 퇴근을 기다리며 문득 '내 자리가 아닌데', '내가 왜 여기에? 준비도 되지 않았는데', '지금은 아닌데.' 하는 생각만 들었다. 거기다 어제는 육지, 오늘은 제주도에 있다는 사실에 한숨이 나오고 눈물만.

동생의 부모님께 인사를 드렸다. 그전 이미 전화상으로 상황을 설명했기에 큰 문제는 없었다. 집을 구하는데 시간이 좀 걸릴 수 있다고, 정착하는데 3개월 정도 신세를 질 것 같아 죄송하다고 말씀드리자 어머님께서 하시는 말씀.

"제주도 살기 좋아. 한번 살아봐!"

교직 생활을 하시다 정년퇴직을 하신 동생의 아버님은 별말씀이 없으셨다. 다만 동생이 술 좀 그만 마시게 해달라고 부탁 아닌 부탁을 하셨다.

동생 커플은 빈속에 한라산 소주 하얀 거 시원한 것 두 병을 까먹는 녀석들. 방에 들어서는 순간, 널브러진 채 굴러다니는 술병들과 정리 안 된 모습이 나를 맞이했다. 완전 엉망이었던 것. 이미 예전 여행 때 한 번 작은 방에서 자본 경험이 있던 나는 동생을 타박했다.

"역시 그렇지. 너희는 변함이 없구나. 아니 변한다는 게 어울리지 않는 녀석들이지."

"형! 그래도 형 온다고 치운 거예요."

"에게…! 이게?"

그 순간 동생의 손에 손목을 잡혔다. 그리고 마주한 체중계.

"잉? 왜?"

"얼굴 봐! 뼈만 남았잖아. 형. 올라가 봐."

"이 새끼가 왜 이래!"

아니, 그냥 올라가 보라고. 몸무게만 본다고. 그렇게 어이없이 올라간 체중계. 겨울이라 옷을 입고 올라갔는데 몸무게가 52kg.

'이게 뭐지?'

나 자신도 놀랄 수밖에 없는 상황이다. 내가 그동안 내게 무슨 짓을 한 것인지. 연희와 함께 마지막으로 측정했을 때는 60kg 정도였는데… 몇 달 동안 나에게 무슨 일이 일어난 것일까? 잠깐이었지만 아무 생각도 나지 않았다.

그 직후 동생이 해준 음식을 먹으며 내가 좋아하는 소주를 걸쳤다. 한라산 소주. 그렇게 내 삶은 그날 이곳 제주도에서 다시 시작된 것이다.

한라산 소주는 하나지만 두 가지 맛이 있다. 냉장고에 들어 있지 않은 노지 것, 냉장고에 들어 있는 시원한 것. 노지 것은 그냥 "노지 것 주세요." 주문하면 되는데, 냉장고에 있는 것은 한라산 하얀 거 시원한 것. 발음이 되질 않는다면 "하얀 거 시원한 것."이라고 하면 된다.

노지 것은 텁텁하다. 제주도 뱃사람들이 흔히 마시는 술로 동생 중 한 명은 친구들과 노지 술을 두 당 두 병씩 마신다고. 그럴 수도 있지. 나도 그렇게 마셔본 적이 있는데, 24도짜리 소주를 햇볕에 두어 따뜻하게 해서 마시는 느낌이었다. 술은 시원하고 칼칼하게 목구멍을 타고 넘어가야 제 맛인데, 이 노지 것은 목구멍에서 한참을 놀다 속으로 조금식 타 들어가는 느낌이랄까? 그래서 지금도 식당에 가면 이렇게 말한다.

"삼춘! 한라산 하얀 거 시원한 것 줍서!"

그럼 삼춘이랑 대화가 된다.

그러다가 가끔은 "노지 것 주세요." 한다. 나도 어느새 술꾼이 다 된 듯하다.

나의 경험상 술을 마시는 것만으로도 사람을 알아보는 게 제주도이다. 한라산이 아닌 다른 술을 시킬 경우 여행객이나 육지 사람으로 보고 경계하기 시작한다. 그러다 한라산 노지 것 하면 반응이 달라진다.

술집에 가서 "뭐 주세요!" 하면 반응이 없거나 다시 물어보기가 다반사다. 그런데 "삼춘! 하얀 거 시원한 것 줍서!" 하면 후다닥 가져다주신다.

여기서 '삼춘'이란 말은 육지에서 흔히 식당에서 일하시는 이모나 삼춘을 부르는 말과 같은 말이라 생각하면 된다.

소주 한잔에 그동안 내가 쌓아 놓았던 마음속 응어리를 입으로 토해내다 보니 술에 취해 곧 쓰러졌다. 제주도까지 오면서 쌓인 피곤함이 있었다곤 해도, 받았던 스트레스나 내 마음을 압박하는 뭔가가 엄청 많았는데 이상하게도 제주에 온 첫날 꿀잠을 잔 것이다. 몇 달 동안 못 잔 잠을 몰아서 잔 느낌이었다. 동생들의 출근을 준비하는 바스락거리는 소리에 눈을 떴으니….

이게 얼마 만인가?

동생과 여자친구의 대화 내용이 더욱 나를 웃겼다.

"조용히 좀 해. 형 깬다고. 상처가 많은 사람인 거 알잖아."

이것들이 장난하나. 그날 나도 모르게 오랜만에 입가에 웃음을 지었다.

'귀엽고 고마운 것들.'

동생들이 출근하고 난 후, 할 게 없었다. 아니, 정확히는 아무것도 하기 싫은 상태. 그때 문득 생각난 것이 캠핑이었다.

'그래, 생각 정리도 할 겸 캠핑이나 가자.'

제주도에서는 한 번도 해보지 않았던 캠핑. 어느 곳을 가볼까 검색을 하던 와중, 생각지도 못하게 제주도에 캠핑장이 많다는 것을 알았다. 준비도 계획도 없었던 터라 어느 곳을 가야 할지, 어느 곳으로 가야 만족할지 모르는 상황. 그러다가 문득 우도가 생각났다.

연희와의 추억이 있는, 연희가 좋아하던 곳.

그 생각으로 우도에 들어갔다. 짐은 캠핑 장비 몇 가지와 겨울옷 몇 벌이 전부. 너무 급하게 도망치듯 왔기에 물건이 거의 없었다.

그렇게 우도에서 하루를 보낼 때 현재 사용하고 있는 텐트를 처음으로 쳐본 것이다. 제주도에 가면 어떻게 될지 몰라 떠나오기 두 달 전에 준비했던 것이지만, 정작 한 번도 펼쳐보지 못했던 물건이었다. 그 텐트를 보자 연희와 함께 캠핑을 갔을 때 연희가 옆에 자리잡은 커플의 텐트를 보고 부러워하며 했던 말이 생각났다.

"오빠, 나도 저렇게 넓은 타프 아래 이너 텐트랑 몇 가지…"

연희가 좋아하던, 꼭 가지고 싶어 하던 텐트였는데…

우도를 가면 내가 항상 가는 곳, 해안 절경이 보이는 그 자리로 향했다. 내가 원하는 자리이고, 연희와의 추억이 담긴 사진 속 풍경이기도 한 곳.

마주 보는 성산일출봉의 모습이 마치 공룡이 물속으로 들어가고 있는 것 같은 착각을 일으키는 곳이며, 무엇보다 우도에서 제일 사람이 없는 한적한 곳이기도 하다.

그렇게 장소를 정하고 텐트를 설치.

"아니, 도대체 이건 또 어떻게 생겨 먹은 거야?"

그림을 봐도 모르겠다. 웬만한 텐트는 다 알고 있는데 이건 뭐지…? 그냥 동생 집으로 갈까? 하지만 배가 끊겼기에 나갈 수가 없다.

그때 재미있는 상황이 발생했다. 텐트와 열심히 씨름을 하고 있을 때 오픈카를 타고 여행 온 여자애들이 드라이브를 하다 내가 있는 곳까지 온 것이다. 그리고는 휙~ 하고 지나갔다가 얼마 후 또 나타났다. 그게 대략 30분 정도. 결국 난 이 작은 텐트를 설치하고 완성하기까지 30분이나 소비했다는 얘기다. 그 아이들의 눈빛에 '뭐야. 아직도? 오늘 중에 텐트 치는 것 맞아?'라는 뜻이 담겨 있는 것 같았다. 텐트를 붙잡고 어떻게 조립할까 연구 중인 내 모습. 나 스스로 생각해도 이해가 되질 않는데 지켜보는 사람이야 오죽할까.

그렇게 우여곡절 끝에 드디어 텐트 설치 완료.

'정말 작다. 아담하다. 이쁘다!'

연희가 왜 이 텐트를 가지고 싶어 했는지 그제야 알았다.

넓은 타프 그늘 아래, 연희가 가지고 싶어 하던 텐트와 의자, 식탁, 그리고 감성 조명까지 설치했다. 여기에 한 가지를 더한다면 아마도 해먹이었을 텐데.

지금은 텐트와 타프 설치까지 20분 안에 끝내 버린다. 주위에서 놀랄 정도의 스피드를 가지고 있다. 특히 타프를 설치할 때는 모두의 구경거리.

'저 큰 타프를? 그것도 혼자?'

아마도 이렇게 생각하며 구경하는 듯하다.

가끔 캠핑하러 나가면 이때의 나처럼 텐트와 실랑이를 벌이는 사람들을 심심치 않게 본다. 예전의 내 모습 같기도 하고, 하는 행동이 예쁘고 귀엽게 보이기도 한다.

기억에 남는 것이 하나 있다. 원터치 텐트를 가지고 온 예쁜 커플에 대한 것이다. 남자아이가 멋지게 하늘로 텐트를 던지니 정말 방송에서 보여 주던 장면처럼 허공에서 텐트가 펼쳐졌다. 문제는 바람이었다.

제주도의 똥 바람은 가끔 사람을 당황스럽게 만든다. 땅에 떨어진 텐트가 거센 바람에 넓은 잔디밭을 굴러다니기 시작했다. 굴러가는 텐트를 잡으러 가는 남자아이와 그것을 재미있다고 구경하는 여자아이. 그렇게 한바탕 우여곡절 끝에 설치를 완료했다.

원터치 커플이 내 텐트 앞에 자리를 잡았기에 어쩔 수 없이 이 모든 광경을 지켜볼 수밖에 없었다.

'참 재미있고 예쁘고 다정한 커플이구나. 나도 저랬지.'

약간의 부러움과 그때의 추억이 생각난 것도 사실이다.

다음 날. 철수를 준비하던 커플은 또다시 내게 웃음거리를 선사하고 자리를 떠났다. 원터치 텐트를 처음 쳐본 커플이었던 것이다(이젠 텐트 치는 것만 봐도 대충 알아차린다). 원터치 텐트의 설치는 간단하다. 그러니 접는 것도 간단해야 한다. 그렇게 방송에서 보았기에. 그런데 문제는 접을 때 생겼다.

접는 방법이 따로 있다는 것을 나도 처음 알았는데, 민물고기 낚시에 사용하는 고기 어망을 접는 방법이랑 비슷했다. 서로 반대 방향으로 약간 비틀면서 압착하면 납작하게 접힌다는 것. 한 번도 쳐본 적이 없는데 어떻게 알게 된 것이냐고? 새내기 커플 조교들이 내 앞에서 실시간 체험학습으로 몸소 보여 주었기 때문이다. 원터치 텐트는 초보자가 설치하는데 3분, 회수하는데는 30분 이상 걸린다는 결론과 함께.

이렇게도 접어보고 저렇게도 접어보고… 또다시 시작된 원터치 텐트와의 싸움. 그렇게 한참을 실랑이를 하다 마주 보며 반대 방향으로 텐트를 살짝 돌려서 서로에게 안겼다. 완벽하다. 한 번에 해결.

아, 원터치 텐트를 접을 때는 끝에서 끝을 잡고 서로 포옹하듯이 하듯이 하면 접히는구나. 원터치는 사랑이다. 끝이 좋구나. 부럽구나!

우도에서의 첫 캠핑.

먹을 것이 없었다. 몸에 걸친 것은 정장 바지에 운동화, 그리고 패딩 점퍼. 의자나 식탁도 없어서 그냥 텐트 앞에 우도에 들어오기 전 마트에 들러서 구매한 돗자리만 깔고 자리를 잡았고, 저녁은 그냥 편의점에서 공수해 온 도시락과 막걸리 두 병으로 끝냈다.

그렇게 간단히 저녁을 먹으며 바라본 것이 맞은편에 자리 잡은 성산일출봉. 그리고 하늘의 별. 예쁘다. 하늘의 별이. 마치 쏟아질 것만 같은 수많은 별. 손을 내밀면 당장이라도잡힐 듯한 그 모습은 지금도 잊지 못한다.

한참을 멍 때리며 별 보고 있는 그때, 조금 떨어진 곳에서 마을 주민들이 고기 파티를 하는 모습이 보였다. 제주도 방언을 하는 분이 대부분. 어떤 말은 이해가 갔지만, 어떤 말은 도저히 모를 정도였다.

'아, 마을 사람들이 여기에 와서 저렇게 고기를 구워 먹으며 즐기시는 거구나.'

그때 한 분이 날 부르셨다.

렌터카가 아닌 일반 차량에, 세월의 흔적이 가득한 내 차를 보시고 꺼내신 첫마디는 이랬다.

"캠핑 오셨나 봐요? 도민이신 것 같은데, 저희 먹는 데서 함께 먹죠. 먹을 거 많다고."

솔직히 합석하고 싶었지만, 마음이 반대하고 있다는 것을 금방 깨달았다. 사람에게 그렇게 치였는데 지금 여기서 낯선 사람과 자리를 함께 하면 안 된다는 걸, 해서는 안 될 짓이라는 걸 느낀 것이다. 나는 정중히 사양을 하고 다시 나의 작은 보금자리로 돌아왔다.

춥다…. 제주도의 3월 말 밤공기는 차갑다. 텐트 바닥에 깔아 놓은 돗자리로는 막을 수 없는지 바닥의 찬 공기가 그대로 느껴진다. 침낭을 머리 끝까지 덮어도, 굼벵이처럼 몸을 말아보아도 찬 공기는 어쩔 수 없는 듯했다. 그때 입고 있던 옷도 캠핑에 부적합한 복장. 제주도에 내려올 때 입은 옷 그대로였기에 추위는 어쩔 수 없었던 것이다.

눈을 뜨니 아침. 어떻게 잔 것일까…? 게다가 도대체 언제 잠들었는지…. 분명 춥다, 춥다 웅얼거렸는데 추운 것도 잊은 채 잠들어 버린 것이다. 게다가 정말 꿀잠을 잤다. 인공적인 소음은 전혀 없고, 파도 소리와 이름 모를 새소리를 듣다 그렇게 잠들었던 것이다. 정말 잘 잤다.

그곳에서 우도봉으로 올라오는 태양을 보고, 또다시 성산일출봉을 바라보며 외쳤다.

"아! 제주도구나. 내가 지금 여기에 와 있구나!"

우도를 아무 생각 없이 가볍게 한 바퀴 돌고 어기적어기적 다시 섬에서 섬으로 돌아왔다. 여행 왔을 때에는 그토록 좋았던 제주도였지만, 눈앞에 보이는 모습이나 지금 서 있는 곳이 제주도라는 사실은 마음에 들어오질 않았다. 마음속에 남은 것은 가슴 속에서 끓어오르는 배신감과 미안함. 단지 그것뿐이었다.

다시 동생 집으로 돌아온 뒤, 제주도에 도착해 우도로 캠핑을 갈 때까지 풀지 않았던 짐을 작은방에 풀었다. 몇 개 되지 않는 짐을 풀고 동생과 한잔하며 회사가 어떻고, 어떤 것을 주의해야 하는지 들었다.

"형, 내일부터 바쁠 테니까 각오해."

아니, 차라리 나에게는 바쁜 게 나을 수도 있다. 그때의 기억을 일에 전념해서 가능한 빨리 지워버리고 싶었기 때문이다.

'몸이 피곤하면 그래도 조금이라도 좋아지겠지.'

그런 생각을 했는데, 그건 나만의 착각이었다.

힘들면 힘들수록 연희에 대한 그리움이 커져가는 이유는 무엇이었을까? 속에서 짜증이 치밀었다. 스스로가 바보 같다고 느꼈다.

첫 출근을 하고 느꼈다.

여긴 전쟁터다.

단순히 일이 많은 게 문제가 아니었다. 차량 입고 수가 많아도 너무 많다. 고객 안내가 문제가 아니라 고객들이 접수표를 뽑아야 할 정도의 입고량. 직원은 여섯 명. 직원 수에 비해 입고 수가 너무 많아 아침 10시도 되지 않는데 수리대기 시간이 2시간, 수리 대기 차량이 20대나 있을 정도였다. 이런 상황이다 보니 다들 정신없이 일 하느라 인사도 제대로 하질 못한 것이다. 점심시간이 되고 나서 동생이 잠깐 소개를 해준 게 전부였다. 우리 정비사 역시 점심시간이 정해져 있지만, 밥 먹고 담배 피우고 양치한 뒤 바로 현장으로 바로 투입됐다. 밀려 있는 차량, 기다리는 고객들을 보면서 쉬고 싶은 생각은 없기 때문이다.

하루가 정말 빠르다. 내가 무얼 했는지 기억조차 없을 정도이니. 좀 전에 동생과 함께 해장국을 먹고 출근했는데 벌써 퇴근이라니. 하지만 이런 식으로 정신없이 하루를 보낼 수 있다는 게 좋았다.

동생 녀석은 빈속에 소주를 마시는 놈이지만, 뼈만 남은 앙상한 나를 위해 집으로 가는 길에 들러 간단한 먹거리를 사서 내게 저녁을 먹였다. 아침도 가급적 먹이려고 일찍 일어나 함께 해장국으로 배를 채우고 출근하기도 했다. 하지만 한 번 빠진 몸무게는 쉽게 늘어나지 않았다. 가장 큰 문제는 입맛이 돌아오지 않는다는 것이었다.

예민한 성격과 더러운 고집 때문에 고등학교 때의 몸무게가 57kg이었고, 그 몸무게를 20년 이상 유지해왔던 나다. 그런데 어떻게 쉽게 살이 찌겠는가.

"형, 무조건 많이 먹어. 먹고, 오바이트 하고, 싸고, 또 먹어. 그럼 무조건 쪄."

동생은 먹는 것에 관해서 만큼은 내게 쉴 틈을 주지 않았다. 잘 때 이온음료를 챙겨주는 것은 필수사항이 되었고, 퇴근 후 저녁 식탁이 만찬인 건 나 때문이라는 느낌이 강했다. 굳이 그러지 않아도 되는데…. 참 고마운 동생이다. 이때 사실 생활이 빠듯해서 모든 경비를 동생이 다 지불했던 것이다.

"에이, 그러지마! 형, 사람이 이럴 수도 저럴 수도 있지. 다 형에게 투자하는 거야. 형 여유 생기면 그때 더 맛있는 것으로 사줘. 엄청 비싼 것으로. 알지!"

동생의 부모님이 1층에 계시기에 가끔은 1층에 들러서 함께 저녁을 먹으며 간단히 이야기도 나누고는 했다. 고마운 일이지만 내게는 그런 일 하나하나가 너무 큰 부담으로 다가왔다. 그냥 수저 하나 더 챙겨 놓으면 되는 것임에도. 밥을 같이 먹는다는 부담감보다도 육지에 계신 엄마 생각이 나서였다.

'울 엄마는 어떻게 지내실까? 저녁은 드셨을까? 혼자 외롭지 않으실까?

못난 아들 걱정하고 계시지는 않을까?'

새 아파트에서 엄마와 연희와 함께 살았으면…. 아니, 그렇게 지낸 짧고도 짧은 몇 달이야말로 나에겐 최고로 행복한 시기였는지도 모른다. 주말이면 둘이 좋아하는 오리 양념 불고기를 먹으며 꼭 모녀처럼 수다 떨던 두 사람의 모습. 엄마도 아마 그렇게 오손도손 사셨으면 하는 바람이었을 것인데… 어쩌다… 어쩌다….

새로 산 집에서 함께 살며 모시지도 못하고 혼자 지내게 해서 마음 한곳에는 항상 미안함과 죄송함밖에 남지 않았다.

'어머니 제대로 모시지 못해, 죄송합니다.'

새 아파트에 입주하는 날, 어머니가 하셨던 말씀.

"이젠 넌 장가만 가면 되겠다."

"장가를 왜 가? 난 구속 받는 것 싫어. 마누라 바가지 긁는 소리도 싫고."

연희를 만나기 전에 했던 대답. 결국 이 대답처럼 가족을 이루겠다는 꿈은 물거품이 되었다. 서로에게 상처만 남긴 만남이었지만 연희를 만나 함께 지낸 그 시기는 가족이라는 것과 내가 책임져야 할 사람이 있다는 것에 고마움을 느낄 수 있는 시기였다.

'왜 그렇게 행동을 해야 했을까?'

동시에 경진이가 나에게 했던 행동이 떠올랐다.

'그러지만 않았어도…. 왜 그렇게까지 했냐? 왜 내게 그랬냐?'

결국 한숨만 나올 뿐이었다. 잊고 싶다. 아니, 무조건 잊어야만 했다. 자꾸 나를 지배하는 그때 그 모습과 그 순간을. 그 모든 것을. 어쩌면 그때가 내 인생 최악의 삶이었을 수도….

난 도대체 얼마나 더 아파하고 괴로워해야만 하는 걸까?

언제쯤이면 이 모든 게 끝이 나는 걸까?

적응하기 힘든 곳이다. 제주도란 곳은.

아니, 적응하기가 힘든 곳은 아닌데, 경상도 사투리와 제주도 방언으로 함께 이야기를 나누면 대화가 안 된다는 것만큼은 어쩔 수 없었다. 아무리 설명을 해도 이해가 되지 않고, 아무리 귀담아들어도 이해가 안 되는 게 문제였다.

무슨 말인지. 어떤 말을 하는 것인지. 조금은 짐작이 가긴 하지만 그것만으로는 부족하다.

아~ 환장하고 미칠 것 같은 마음. 그때 동생이 나타나 중간에서 가끔 통역 아닌 통역을 해주던 게 얼마나 고맙던지.

더욱 재미난 것이 하나 있다. 바로 우리 사장님의 제주도 방언. 지금도 나는 가끔 사장님의 말투를 따라한다.

"뭐 했나!?"

무엇을 하고 있었냐는 말이다. 일하지 않고 딴짓 한 것 아니냐는 비꼬는 말이 되기도 한다.

한 번은 차량 입고가 너무 많아 정신을 못 차리고 있을 때였다.

"재모야. 저 차, 담아불라!"

'잉? 무슨 말이지?'

"담아불라!"

이번엔 음성이 커진다. 난 여전히 눈만 말똥말똥. '담다'는 '김장을 담근다.', '물건을 담는다.' 그럴 때 사용하는 단어인데 차를 담근다니… 도대체 무슨 말씀이신지?

그제야 사장님이 내가 육지 놈이라는 것을 생각해 내시고 말을 바꾸셨다.

"차 리프트에 올려불라."

즉 차를 리프트에 올리라는 말이다.

급할 땐 방언이 나오는데, 알아듣지 못하고 눈만 말똥말똥 뜬 채 처다보거나 멍 때리고 있으면 그제야 서로 하지도 못하는 표준어를 쓰는 것이 나와 사장님의 대화다. 가끔 내가 알아듣지 못한 척 하기도 한다.

"왜! 재미있잖아. 알아듣지 못한 척."

제주도의 많은 방언 중 내가 많이 듣는 말이 있다.

"담아불라."

"무사."

"기이~."

"잉."

"콘테나."

"담아불라."는 '어디엔가 무엇을 넣는다'는 의미.

"무사."는 '무슨 일', '왜' 등 포괄적인 단어다.

"기이~."는 '그래!', '맞아.', '그 말이 정말이다.'라는 뜻이다.

"잉."은 '내 이야기 듣고 있지?', '똑바로 듣고 있는 것 맞지?'라는 뜻.

마지막으로 "콘테나".

난 처음에 이 말이 컨테이너의 줄임말인 줄 알았다. 월요일, 잠깐의 틈을 이용해 수다를 떨던 중, 주말에 '콘테나'를 양쪽에 들고 나르는데 무거워 죽을 뻔했고 어깨에 파스까지 붙였다는 말을 듣게 된 것이다.

'아니, 사람이 컨테이너를 어떻게 들어?'

"에이~ 거짓말도 정도껏 하셔야죠."

결국 이렇게 이야기했다가 바보가 되어 버렸다.

여기서 '콘테나'는 감귤박스, 즉 귤을 담는, 구멍이 숭숭 뚫린 노란 박스를 이야기하는 것이다. 결국 나도 빵 터질 수밖에. 제주도의 방언은 참 재미나다.

출근한 지 며칠 지나지 않아 저녁에 먹었던 짬뽕 덕에 탈이 났다. 새벽에 일어나 변기통을 부여잡고 통곡 아닌 통곡을. 눈에서는 눈물, 뒤로는 설사, 입에선 짬뽕 국물을 시작으로 노란 위액까지⋯. 우와! 이건 정말이지 사람이 미칠 지경. 방에 들어가고 싶어도 변기통이 나를 놓아주질 않는 것이다.

그렇게 새벽부터 시작된 변기와의 사랑은 아침이 다 되어서야 끝났고, 나는 간신히 방으로 기어들어올 수 있었다. 이상한 것은 사람이 이렇게까지 통곡을 하는데도 동생들은 한 번도 깨지 않았다는 것이다. 여닫이문이라 방음도 잘 되질 않는 방인데 어떻게⋯.

혹여나 해서 살짝 열어본 방. 이놈의 새끼들, 서로 부둥켜안고 잘 잔다.

방으로 돌아왔지만 문제는 몸이었다. 아직 남아있는 후유증에 너무 힘들어 억지로 누웠는데 이젠 천장이 나랑 놀자고 뱅뱅 돈다. 감기는 아닌 것 같은데 몸살 같기는 하고⋯.

그렇게 출근 시간. 아무 일도 없다는 듯이 일어난 동생들. 출근 준비하지 않고 무얼 하냐며 또 폭풍 잔소리를 시작.

"나 많이 아파. 일어서지도 못하겠어."

"그래도 일단 출근하고 나서 병원에 다녀와요."

"가서 얘기나 잘해줘."

그렇게 억지로 출근을 시키려는 놈과 아침부터 실랑이를 벌여야만 했다.

원래 내 스타일은 일단 출근해서 몸이 많이 좋지 않으니 오늘 조금 쉬면 안 되겠냐고 말하라는 것이다. 어떤 일이 생겨도 출근은 했다. 그때 상황을 봐서 차에서 잠시 쉬기도 하고, 병원을 가기도 했다. 도저히 힘들어서 안 될 것 같을 때는 조퇴를 하던 나인데, 이번만큼은 일어날 기운도 나지 않았다. 도저히 걸을 수 있는 상황이 아니었기에 결국 출근은 하지 못했다.

잠시 눈을 붙인 게 정오쯤. 그래도 회사에 연락을 해야지… 하다가 문득 생각이 났다. 입사한 지 얼마 되지도 않았고, 이런 일에 대한 준비도 하지 않았다는 것을. 인터넷을 검색해서 알아낸 회사 전화번호.

전화를 걸자 사모님께서 받으셨다.

"많이 아프다면서요? 병원부터 다녀와요."

먼저 나에게 건넨 이 말에 가슴이 찡했던 게 사실이다. 이런 느낌을 받는 것이 좋았다. 누군가가 나를 먼저 챙겨 주고 신경 써준다는 것은 정말 오랜만에 느낀 감정이었기 때문이다.

그렇게 전화를 끊고, 또 쓰러졌다.

집이 3층이라 약국에 가고 싶어도 계단을 내려갈 자신도, 올라올 자신도 없었기에 그냥 누워서 버틸 수밖에 없었다. 내가 할 수 있는 일은 그저 빙빙 돌고 도는 천장만 바라보며 자다 깨다를 반복하는 것뿐. 결국 나는 아무것도 하지 못 한 것이다.

퇴근 후 약봉지를 내미는 동생. 동생은 도대체 왜 갑자기 그렇게 된 거냐고, 분명 세 명이 함께 먹었는데 왜 형만 이러냐고 난리였고, 나는 그런 동생에게 그걸 어떻게 아느냐고 답할 수밖에 없었다. 단지 짬뽕 속에 들어 있던 홍합을 더 많이 먹었던 것이 이유라는 결론을 지을 수밖에.

다음 날도 역시 몸은 엉망이었지만, 그래도 출근.

죄스러운 마음에 기죽어 있는데… 어라? 별말씀도 없으시고 신경도 쓰질 않는다. 다만 동생이 무지하게 혼났다는 것 외에는. 도대체 무얼 먹였기에 사람 출근도 못 하게 만드냐고 엄청 혼났다.

"네가 더 나쁜 놈이라고."

"같이 먹었는데 왜 나에게만 그러냐고요. 형, 무슨 말 좀 해봐요!"

그렇게 또다시 웃음으로 마무리.

주말, 드디어 올 것이 왔다. 나를 그토록 괴롭혔던 놈이 동생들에게 들러붙었는지 비슷한 신호가 오기 시작한 것이다. 둘이서 돌아가며 화장실을 얼마나 다니는지.

속으로 '그래 너도 당해봐라. 그래야 그때 나의 고통을 알게 될 것이야.'라며 고소해 했다. 난 한방에 K.O. 되었지만 이 녀석들에게 들러붙은 놈은 본 게임 후 연장전까지 돌입해서 일주일 동안을 머물다 갔다. 오예~ 앗싸!

그렇게 보낸 일주일.

몸이 정상으로 돌아왔고 그 중국집 짬뽕과는 이별을 했다.

얼마나 힘들었는지는 겪어본 사람이라면 알 것이다. 음식을 잘 먹어야 한다는 게 이런 것이겠지! 그러다가 또 그놈… 아니, 그분이 왔다 가셨다. 이번에는 아주 짧지만 강한 녀석으로. 일명 고래 회충. 이번엔 말 그대로 기절했다.

저녁 퇴근길. 자취방에 들어가기 전 마트에 잠시 들러 저녁 먹거리를 찾다 족발과 굴을 골랐다. 생굴을 엄청 좋아하는데 마침 그게 눈에 보였던 것이다. 기분 좋게 봉지를 개봉해 초장을 살짝 굴에다 뿌리고 맛을 음미하는데, 무언가 이상하다는 것을 느꼈다. 약간의 시큼함? 이건 굴에서 날 맛이 아닌데? 오랜만이라 입맛이 바뀌었나? 아님 초장 맛인가?

"에이, 몰라. 일단 먹고 보자. 배고픈데 이것저것 어떻게 가려? 배부른 게 최고!"

결국 그날 새벽에 그분이 날 다시 찾았다. 앞전과 똑같은 느낌에 똑같은 증상. 그런데 하나가 더 생겼다. 쏟아지는 식은땀이 입고 있는 옷을 전부

적실 정도였다. 또 변기통을 끌어안고 사투를 하던 중 도저히 안 될 것 같아 119를 부르고 싶었지만 전화기는 방에 있고 몸은 움직이질 않았다. 멈추지 않는 식은땀. 어떻게든 정신을 차리려고 샤워기를 잡고 찬물로 머리를 적시려는 순간, 정신을 잃었다.

눈을 떠보니 욕실 바닥에 홀딱 벗고 누워 있는 내 모습.

'무슨 일이 일어난 걸까? 왜 여기 바닥에 누워 있지!?'

이번 놈은 후유증이 그리 크지 않아서 다행이었다. 잠시 눈을 붙이고 출근 준비를 하기 위해 샤워를 하는 도중에 얼굴 광대뼈 부근이 따끔따끔 거린다.

'얼굴은 또 왜?'

새벽에 화장실에서 기억을 잃은 그 순간, 욕실 바닥에 얼굴을 그대로 부딪혔다는 사실을 그제야 알게 되었다.

"혼자 살다 죽을 수도 있다는 게 이런 것이겠지."

이날 이후, 집안 어느 곳을 가도 휴대폰은 반드시 손에 꼭 쥐고 다닌다.

그런데 왜 하필이면 광대뼈냐고…. 짜증이다. 그렇게 혼자 투덜대며 평소와는 조금 늦게 출근 준비를 했다. 보통 8시 전후로 출근해서 업무 준비를 하는데 이 날은 집에서 8시에 나왔다. 30분까지 출근이기에. 그래도 여유롭게 갈 수 있는지라 잠깐 한라산을 바라보았다.

"아~ 대박! 미세먼지도 구름도 전혀 없는 날이다. 그냥 아프다고 하고 쉴까?"

마침 울리는 전화! 젠장! 사장님이다.

"어디냐?"

"회사 가는 길입니다."

"그래 알았다. 빨리 와라."

제일 먼저 보이는 놈이, 게다가 혼자 사는 놈이 안 보여서 걱정되어 전화를 하셨단다.

별말 아닌 것 같지만 나에겐 아주 감사한 말이다. 겉으로는 잘 표현하지 않는 분이 그렇게까지 말씀해주시는 게 좋았다.

사장님은 제주 토박이신데, 말씀이 없으시다는 정도가 아니라 정말로 말씀이 전혀 없다. 하루종일 전 직원에게 열 마디 이상의 말씀을 꺼내신 적이 없으실 정도다. 경상도 남자도 무뚝뚝하다고 하지만, 우리 사장님이라면 그 기록을 깨시지 않을까? 그래서 사모님께 여쭤본 적이 있었다.

"사장님께선 본래 말씀이 없으세요?"

"아니에요, 재모 씨. 집에선 나랑 장난도 치고 얘기도 많이 해요. 근데 회사만 나오면 저래요. 마누라인 나도 가끔 이해가 안 되긴 해요."

함께 살아온 지가 몇십 년인데 부인도 남편이 왜 저러는지 잘 모르겠다고. 남자지만 주기적으로 꼭 한 번씩 그날이 온다고. 민감해진 사장님의 그날엔 사모님도 조심하신다고.

사장님의 별명을 지었다. 처음 본 느낌 그대로.

보거스 사장님.

만화에 등장하는 캐릭터로 말은 없지만 하는 행동은 귀여운 그 모습이 딱 우리 사장님의 모습처럼 보였기 때문이다.

'이건 전부 저의 생각일 뿐입니다. 혹 사장님 귀에 들어가도 귀엽게 봐주시길 미리 부탁드립니다!'

먼저 출근하신 사장님께 인사를 드렸다.

"반갑습니다!"

그러자 나에게 되돌아온 한마디.

"너 어제 술 처먹고 누구랑 싸웠냐? 얼굴이 그게 뭐냐?"

직원들도 똑같은 말이다.

"아니, 제가 실은 어제 음식을 잘못 먹어서 새벽에 욕실에서 정신을 잃었어요. 그때 바닥에 부딪히며 난 상처입니다."

"웃기지 마. 어떻게 상처가 그렇게 되나?"

"어디서 술 처먹고 얻어맞고 와서는 핑계 대기는?"

"분명 싸워서 난 상처인데?"

"쓰러졌다는 것 증명해 봐!"

"네 마음 다 알아. 괜히 부끄러워서 그러는 거지?"

"남자가 술 먹고 싸울 수도 있지. 잘했어! 다음부터는 그러지 마!"

'에구 이놈의 형들, 내가 졌다.'

"그래. 술 처먹고 싸웠다! 확! 마! 건드리기만 해봐! 성질나면 물불 안 가릴 테니."

"저게 미쳤나? 어디서 얻어맞고 와서는 형들에게 덤벼?"

어린 놈의 새끼가 이제는 형들에게 덤빈다며 또 아우성이다. 그런데 여기에 사모님까지 합세하신다.

"재모 씨, 술 먹고 싸운 것 맞는데? 맞고 다니면 안 돼. 필요할 때는 사장님을 불러! 예전에 한가락 했거든."

그러고는 다용도실에서 약을 챙겨다 얼굴에 발라 주시는 것이었다. 얼굴에 흉 지면 안 된다면서.

"왜 하필 여기를 다쳤어?"

모두가 입을 맞춘 것이 아닌지 의문이 들었을 정도이다. 어떻게 모두가 똑같은 말을 할 수가 있을까?

정말이지 재미있는 가게고, 재미난 직장이다.

참 고마운 직장 동료들이고, 고마운 사람들이다. 날 웃게 해주어서.

어느덧 제주도에 내려온 지 석 달. 제주도에 내려와서 또 다른 취미와 병이 생겼다. 캠핑, 낚시, 멍 때리기… 그리고 초점 없는 시선.

캠핑은 제주도에 내려온 첫날 우도에 간 것을 시작으로 지금까지 계속 진행 중이다. 주말마다 동생 커플의 사랑을 위해 자리를 비켜주기 위해 시작한 캠핑. 하지만 생각하지도 못한 게 매력이 있는 게 캠핑이라는 것이었다.

주 5일 근무라 금요일 저녁이면 동생들을 피해 어느 곳으로 가야 할지 고민해야 한다. 성산, 송악산, 김녕, 협재… 캠핑할 곳이 너무 많고, 어느 곳을 가도 전부 좋기에 금요일이 되면 행복한 고민을 해야만 하는 것이다.

저녁 8시에 출발해서 9시에 도착. 제주도는 아무리 머나먼 곳이라고 해도 제주시 기준으로 1시간이면 도착한다는 장점을 가지고 있다.

육지 사람에겐 한 시간을 이동하는 건 기본이지만, 제주도민이 생각하는 한 시간 거리는 정말 먼 것이다. 쉽게 이야기해서 제주시에서 서귀포시까지 가기 위해 한라산을 넘는 것 자체가 멀게만 느껴진다고. 구인광고를 보면 이 구간만 운행하는 화물 기사님 구하는 것을 가끔 볼 수 있을 정도다. 제주도에 이주해온 사람들은 시에 살면서 제주도 곳곳의 맛집을 찾아다니지만, 제주도에 살고 있는 도민들에게는 그냥 멀고도 먼 곳일 뿐이다. 그런 곳을 왜 가냐면서 그냥 집 앞에서 해결한다.

젊은 친구들이 내게 하는 말.

"야~ 제주시까지 나오고! 너 성공했다!"

난 처음 이 말을 들었을 때 장난인 줄 알았는데, 모두가 그렇게 생각하고 있을 정도로 제주도민에게는 먼 거리라는 걸 알았다.

시에서 살면서, 아니 제주도에 살면서 성산일출봉을 가보지 않은 사람도 있고, 바로 옆 광치기 해변도 언론을 통해서 알게 되었다는 사람도 있다. 그 사람이 바로 '우리 사장님 아들'이다.

반면에 난 육지 사람이다. 고작해야 한 시간. 또 달린다.

캠핑을 하면서 제주의 구석구석 가보지 않은 곳이 없을 정도이다.

그 수많은 곳 중에서 내가 제일 좋아하는 곳은 김녕 캠핑장과 협재 해수욕장이다.

협재는 비양도 옆을 살짝 스쳐 넘어가는 일몰이 예쁜 곳. 하지만 모래바람이 너무 강하다. 그래서 보통 바람이 없는 날에는 협재를, 바람이 부는 날에는 김녕 캠핑장을 찾는다.

김녕 캠핑장은 넓은 잔디 마당과 넓은 에메랄드빛 바다를 마음껏 볼 수 있기에 자주 찾는 장소다.

한가로이 즐길 수 있는 여유와⋯ 아니 그냥 이유가 없다. 이곳이 우리 집 마당이었으면 하는 마음뿐이다. 매번 그렇게 텐트 치고 '여긴 우리 집 앞마당이다!' 하며 스스로를 만족시키기도 한다.

여기에서도 협재처럼 일몰을 볼 수 있는데, 협재가 조금 밋밋한 느낌이라면 김녕 캠핑장은 시기만 잘 맞추면 바다에 비치는 황금빛 노을을 볼 수 있다. 게다가 캠핑을 위한 시설 등 모든 게 잘 갖추어져 있기에 많은 백패커나 도민이 많이 찾는 곳이기도 하다.

여기에는 터줏대감인 강아지 두 마리가 있는데, 요 녀석들 요주의 인물⋯ 아니 동물이다. 항상 조심하고 경계해야 한다. 자리를 잡고 있으면 친한 척, 불쌍한 척을 다 하면서 슬쩍 다가와 무언가를 달라는 애처로운 표정을 지은 채 눈을 마주한다. 얼굴은 완전 순한 표정이지만, 이 표정에 절대 속으면 안 된다.

무언가를 주었을 경우, 특히 먹는 것을 주게 되면 그날 밤 그 텐트는 공격 대상으로 지정된다. 이 녀석들이 하는 행동은 어디까지나 수색이고 사전 답사인 것이다.

'이 사람들 오늘은 무얼 먹나?'

'나도 고기 좋아하는데.'

저녁, 특히 바비큐 파티를 하고 난 뒤 절대 음식을 밖에 두지 마시길. 아침이 되면 완전 난장판이 될 것이다. 잔디밭을 굴러다니는 냄비와 쓰레기들. 캠핑 와서 쓰레기를 치우는 일로 아침을 시작할 수도 있다. 특히 먹다 남은 고기는 무조건 텐트 안으로 대피시켜야 한다. 해보면 알게 되겠지만, 해보지 않은 분들을 위해 미리 얘기하면, 아침에 분명 김치찌개 해먹으려고 남겨둔 식탁 위의 삼겹살과 목살을 아무리 찾아도 발견 수 없을 것이다.

어제 술을 너무 많이 마셔서 기억을 못 하는 걸까?

"분명 남겨됐는데!"

아침부터 죄 없는 남편, 마누라, 오빠, 자기, 여보에게 "고기 어디 두었냐?"라고 구박하지 마시기를. 그리고 아침부터 고기 때문에 다투는 일 없으시길 바란다. 그것도 즐겁게 캠핑하러 와서 말이다.

분명 남겨 놓은 것이 맞을 것이다. 다만 찾지 않는 게 좋다. 이미 터줏대감의 뱃속에 다 들어가 있을 테니까(나도 몇 번이나 당했다. 이 녀석들 자꾸 덩치가 좋아지는 게 다 이 때문일 듯).

나는 이 녀석들에게 별명을 지어주었다.

"김녕 깡패!"

강아지로서, 멍멍이로서 자기들 할 것 다 하고 무단 취식에 무단침입까지. 그리고 그 넓은 잔디광장을 어슬렁어슬렁….

완전 자기들만의 세상이 따로 없다.

이런 날도 있었다.

이번엔 마음먹고 이틀 연속 김녕에서 텐트를 치고 지내게 되었다. 타프까지 동원한 풀세트로(텐트는 미니 2인용, 타프는 7~8인용). 타프, 내가 보아도 엄청 크다. 특대형이다.

김녕 캠핑장에서 으뜸가는 자리는 화장실에서 조금 오른쪽. 가로등에 시야가 가리지 않는 그곳에서 감녕 바다를 바라보면 정말 예쁘게 보인다. 그런데 이미 그 명당자리에 정차해 놓은 캠핑카 한 대. 차를 빼라고 할 수도 없으니 한숨만 쉴 뿐. 아쉽지만 대충 근처에 자리를 잡고 텐트를 쳤다. 나의 전망 좋은 시야에 캠핑카가 걸리지 않게. 그리고 그곳 주위를 혼자 독차지하기 위해 일부러 자리를 어중간하게 잡아버린 것이다.

　혹시나 모를 다른 대형 텐트와 캠핑카의 접근을 막기 위해 정말 잔머리 많이 굴렸는데 결국 실패로 끝나버렸다.

　통닭(김녕까지 배달해줍니다)에 맥주를 한잔 하거나, 책을 읽거나 낮잠을 자거나, 잡은 물고기를 직접 회 떠서 먹기도 하는 생활.

　그 모습을 본 여행객들의 한숨소리가 들린다.

　"저 봐. 좋겠다. 낚시도 하고 직접 회도 떠먹고, 캠핑도 하고…. 우린 언제 저렇게 해보나?"

　'부럽지? 부러울 것이야. 나도 예전에 제주 여행 다닐 때 똑같은 마음이었거든!'

　그렇게 남들의 부러움을 만끽하며 나 혼자만의 여유와 낭만을 즐기며 이틀을 보내려던 중 또 다른 캠핑카가 출현. 속으로 웃었다.

　'내 옆자리엔 절대 들어오지 못하겠지. 차가 들어오기엔, 아니 차를 주차하는 건 어려울 것이야. 차주가 내려 직접 실측 조사를 진행해도 안 될

것이다. 아무리 해봐라. 절대 진입 불가지!'

잘못했다간 타프 줄을 건드릴 것이고, 반대쪽에는 또 다른 캠핑카가 존재하니까.

그때까지 나는 생각도 못하고 있었다.

'트레일러 캠핑카.'

이 녀석은 분리가 된다. 어디서 리모컨 같은 걸 가지고 오더니 캠핑카를 움직인다. 이리저리 조금씩. 입을 다물지 못했다. 나에겐 완전 신세계였다. 이건 아니다. 이렇게 비좁은 공간에 주차를 하듯 아슬아슬 들어오는 게, 저게 말이 되냐고. 이게 현실이냐고.

결국 내 옆자리에 얌체 주차한 캠핑카(지금까지 알고 있던 트레일러 캠핑카는 사람이 밀어서 자리를 잡는 방식으로, 주차가 힘들면 분리해서 전망 좋은 곳으로 사람이 힘으로 방향을 전환해야 하는 수동밖에 몰랐다. 무선 조종되는 게 있는지 내가 어떻게 알 수 있겠냐고. 난 텐트족인데).

난 이날 양옆에 바람막이 캠핑카를 두고 혼자 텐트 생활을 해야만 했다.

'아~! 나도 캠핑카 가지고 싶다!'

이것만 해도 서러운 데 부러운 상황이 또 생길 뻔했다.

캠핑카에서 바람을 통해 전해져 오는 냄새. 중간에 껴 있는 나는 어떻게 대응할 수도 없는 상황이다. 저녁이 되자 캠핑장은 고기 굽는 냄새와 사람들의 웃음소리로 가득해졌다. 양옆에서 고기를 굽기 시작. 난 도망갈 수가 없었다. 텐트만 쳤으면 후다닥 접고 다른 곳으로 이동하면 되지만, 이번엔 이틀을 버티기 위한 어마어마한 양의 물건을 가지고 왔고 타프까지 설치한 것이다.

혼자 지내기에 부족함이 없을 정도였지만, 옆 캠핑카에서 풍겨오는 고기 굽는 냄새에 환장하지 않을 수가 없는 상황.

"그래. 맛있게 많이 먹어라. 나 혼자 있다고 무시하지 마라."

내게도 숨겨둔 비장의 무기가 있었다.

어느 정도 시간이 지난 후 주위가 어두워지기 시작했다. 양옆의 캠핑카에서 벌어진 고기 파티도 거의 끝나 가는 분위기.

"나도 이제 고기 파티 해볼까?"

낮에 바닷가에서 주워온 나뭇가지와 화로를 세팅. 너희는 캠핑 초보 단계인 불판에 삼겹살을 구워 먹었겠지만, 고기는 역시 숯불로 구워야 한다. 숯도 어디서 사오는 게 아니라 직접 바닷가에서 주운 것으로 만들고.

"훙. 부럽지?"

화로와 석쇠, 그리고 목살을 준비한다. 목살의 두께는 5㎝로 무조건 두껍게. 그리고 약한 숯의 열기로 천천히 구워야 한다. 그러면 목살의 육즙을 최대한 느낄 수 있다. 씹으면 씹을수록 부드러운 육질과 입 속에서 터지는 육즙이 환상적이다.

'음~ 그래. 이 맛이야!'

정육점에 가서 "목살 두껍게. 아시죠?" 그러면 "캠핑 또 가시나 봐요? 부럽습니다."라는 반응이 나온다.

나의 단골집 주인의 부러움 섞인 목소리다.

처음에는 화로에 많은 나뭇가지를 넣어 최대한 많은 양의 숯을 만들어야 한다. 너무 많을 때는 멀리서 보고 쓰레기 태운다 생각하시는 분도 계시던데… 죄송합니다. 숯 만드는 중이었답니다. 그리고 어느 정도 완성되면 밖으로 빼내고 필요할 때마다 하나씩 추가하면 된다. 이때 토치 램프나 인위적인 화기는 사용하면 안 된다. 오로지 신문지와 주워온 나뭇가지 등으로 불을 지피는 것이 나의 캠핑 재미이다.

어느 정도 불길이 죽고 숯이 되면 그때부터 고기를 한 조각 한 조각 석

쇠에 올려 천천히 육즙을 내가며 구워 먹는 게 나의 캠핑 별미다. 여기에 한 가지 더 추가한다면 알록달록 반짝이는 조명, 일명 감성 조명을 타프 전체에 깔아두는 것. 혹시 모를 아이들의 안전을 위해서다(타프 줄에 아이들이 얼굴이나 눈을 부딪치는 사고가 잦답니다. 항상 아이 먼저 생각해주세요).

애기들은 이 감성 조명이 신기한지 자꾸 내게만 몰려든다. 물론 다른 사람들도 다들 쳐다본다.

"저 사람 뭐야?"

"혼자 할 것 다 하고 즐길 것 다 즐기네."

시선 끌기에는 이만한 것이 없다. 최고다.

김녕 캠핑장은 여름 성수기에 돈을 받는 곳이다.

내가 싫어하는 캠핑카의 이용료(문의 전화는 김녕 청년회로)는 모르지만 텐트는 크기에 따라 오천 원에서 최대 사만 원까지 받는다.

관계자의 말에 의하면 성수기에는 하루 200동에 가까운 텐트가 설치되기도 한다고. 그동안 몇 번이나 마주쳤기에 이젠 인사를 나눌 정도의 사이가 되었다.

"오늘도 한바탕하시겠어요?"

"이제 만성이 되어서 별로 신경 쓰지 않아요."

항상 텐트 자릿세 때문에 음성이 커지는 이곳.

"왜 돈 받냐구요!"

텐트에서 바다를 마음껏 바라볼 수 있으며, 애기들이 뛰어놀 수 있는 천연 잔디가 깔려 있는 곳. 제주 유일 바닷가에 캠핑장으로 설계된 곳이 바로 여기 김녕. 수돗가에서 물이 나오면 돈 받는 시기이고, 캠핑장 뒤 화장실이 열려 있다면 그 또한 돈 받는다는 얘기다.

그러니 다들 협조 좀 해주시길 바란다.

"작년엔 9월까지만 돈 받았는데 이번에는 왜 10월까지 받냐고요!"

그런 질문하지 마시길. 캠핑카를 사용하시는 분들 중 누군가가 민원을 넣었단다. 전기와 물이 나오지 않는 캠핑장이 어디 있냐고. 우린 그런 것 없어도 충분한데. 결국 서글픈 건 우리 텐트족 뿐.

그러고 보니 나에게는 정해진 캠핑 장소가 없는 것 같다.

그냥 지나가는 와중에 "엇! 여기 좋다."라는 생각이 들면 그곳에 텐트를 친다.

마을 주민의 눈을 피하는 것은 기본. 그럼에도 낚시꾼과 마주칠 때가 많지만, 그래도 이해는 해주시더라.

좋은 장비나 멋진 캠핑카는 없지만, 그래도 캠핑에 대해선 어느 정도 베테랑이라고 자부한다. 캠핑에 관한 모든 것에 관심을 가지고 할 것 다 하는 나. 언제 이 모든 게 완성이 되었는지 알 수 없지만, 올해는 해먹을 하나 구입할 예정이다. 타프 그늘 아래에 텐트와 의자, 식탁, 해먹까지. 나만의 공간이기도 하지만, 이 모든 게 연희가 바랐던 캠핑 구도를 연희 대신 내가 그리고 있었던 것이다.

"고마워요. 그곳에서 잘 지내나요? 모든 게 당신 덕분이에요."

어느 순간부터인가 노여움이나 배신, 분노를 잊어버리고 연희라는 아이를 그리워하고 있다는 것을, 그리고 그 아이의 빈자리를 이런 식으로 채워가고 있다는 것을 깨달았다.

그렇게 금요일 밤부터 시작한 캠핑을 일요일 오전쯤에 마무리하고 모든 걸 정리한 뒤 철수하고 있을 때쯤 전화가 왔다.

"형, 어디야?"

"모슬포."

"이번에는 김녕 아니네? 그런데 그 먼 곳까지…. 낚시나 갑시다. 어디로 오세요."

그렇게 모슬포에서 김녕 방파제까지 달려간 적도 있다. 중산간 도로를 타면 한 시간 반 정도의 거리.

예전에 이곳 제2산록도로는 제주의 젊은 친구들, 특히 차를 좋아하는 친구들이 '드래그' 하는 최고의 장소였다. 그런데 나를 비롯한 몇 몇 마니아들은, 너무 달린다. 제한속도 60㎞가 어색할 정도로 속도를 내는데, 그것도 모자라 중앙선 침범은 기본이고 곡예 운전까지 한다. 자칫 잘못하면 바로 즉사인 이곳에서 나를 비롯한 마니아들은 도대체 왜 그랬는지…. 나도 잘 모르겠다. 그냥 신나게 달려보고 싶은 마음이어었던 거 아닐까.

캠핑을 마친 나에게 낚시를 하자고 권유한 동생이 낚시를 시작하게 된 계기가 있다. 서울 직장에서 함께 근무를 할 때, 내가 가르쳐 준 것이다. 주말이면 시화호 일대를 시작으로 인근 섬으로 자주 낚시하러 다녔다.

시화호에서의 첫 낚시가 제일 우스꽝스럽다. 토요일 일을 마치고 도착한 시화호. 늦은 밤이었다. 릴 낚싯대를 펼쳐놓고 입질이 오기를 기다리며 삼겹살에 소주 한잔. 그런데 어떻게 입질 한번 받아보지 못했던 것이다. 고기가 없는 곳이 아닌지 할 정도였다. 결국 그날 우리는 허탕을 쳤다. 그런데 만약 잡았다면 오히려 뉴스에 나올 뻔한 상황이라는 걸 나중에야 알았다.

얼마 후 오후에 다시 찾아간 시화호를 보고 알게 된 것이다. 시화호 방파제는 썰물 시간에는 물이 엄청 빠진다는 것을. 분명 허벅지까지 차 있던 물이 썰물이 되면 축구장의 몇 십 배에 달하는 갯벌로 바뀌어 버린다. 우린 그렇게 물 빠진 시화호에서 맨땅에 미끼를 달아 낚시를 한 것이다.

시화호에 처음 찾아가기도 했고, 그때는 밤이라 알 수 없었으니 넘어가기로. 그렇게 낚시를 시작한 초보 낚시꾼들이 지금은 베테랑이 되어 있다는 게 신기하기도 하지만, 아직도 나의 눈엔 동생의 낚시가 어설퍼 보인다.

나도 예전에는 '꾼' 소리 들을 정도로 낚시에 빠져 있었다. 바다고 민물이고 가리지 않고 다녔다.

"오빠, 왜 성원이에게 낚시 가르쳐줬어요? 주말이면 낚시! 우리의 주말 데이트는 매번 낚시! 이게 다 오빠 때문인 거 아시죠?"

김녕 방파제를 찾아갔을 때 뽀민이의 한숨 가득한 잔소리가 또 시작됐다. 한 해 정도는 동생들이 날 가만두질 않았다. 왜 그러는지, 왜 자꾸 날 가만두지 않는지 잘 알고 있었기에 아무 말 없이 낚시에 동참했던 게 사실이다.

육지에서 있었던 그 일. 가슴속에 남아 있는 말 못할 고통이 내게는 가장 큰 문제였고, 이 동생들은 혹여나 내가 다른 생각을 하지 못하도록 쉴 틈을 주지 않았던 것이다.

가끔 이 아이들이 내게 했던 말이 떠오른다. 낚시하면 멍하니 있을 때가 많다고. 캠핑을 할 때는 그것을 즐기려고 애쓰지만, 낚시는 바다에 떠있는 '찌'를 보는 게 주된 일. 파도와 함께 어디론가 흘러가고 싶은데 낚싯줄에 매여 더 먼 곳까지 가고 싶어도 가지 못하고 내 발밑으로 다시 다가오는 찌를 볼 때면, '너도 말은 못 하지만 참 불쌍한 인생이다.'라는 생각과 함께 '줄을 끊어주면 넌 이 파도를 타고 어디든 갈 수 있을 텐데….'라는 쓸모없는 생각을 하기도 한다.

그렇게 말없이 혼자 생각하고 있을 때, 또다시 뽀민이의 무자비한 2차 공격이 날아온다.

"무슨 생각해요? 표정이 꼭 누군가를 기다리는 것 같아요. 아직 그 생각? 아님, 언니 생각?"

대꾸는 하지 않았다. 동생들도 연희를 본 적이 있기에 대꾸를 할 필요가 없었다. 그러고 보니 내가 처음 제주도를 오게 된 게 이 애들 때문이었지. 그것도 연애 상담이었는데…

"이젠 입장이 바뀌었네. 내가 연애 상담을 받다니. 그만하자, 힘들다."

또 옆에서 자꾸 조잘댄다.

"지금, 기분 어때요? 아직도 그래요? 이젠 잊으셔야죠."

"오빠, 그만큼 기다렸으면 됐어요. 이런 오빠를 집착남이니 스토커니… 제가 보기엔 언니가 이상했던 것 같아요."

"연희가 무슨 잘못이냐? 모든 게 내 탓 아니겠냐."

또 끼어드는 녀석.

"에구… 나이만 먹었지 아직 애다. 소심한 A형. 어쩔 수가 없네."

"야! 혈액형이랑 무슨 상관이냐? 다 내 잘못인데. 네가 내 입장이 되어봤어야 알지!"

"형, 저였으면 그 자리에서 당장 때려 쳤을 거예요."

그러더니 그렇게 자신을 힘들게 만들면서까지 그곳에 있으려고 했던 이유가 무엇이냐고 묻는다.

"연희 누나 때문인 거 맞죠?"

나도 모르겠다. 무언가를 붙잡고 싶었던 것인지, 내가 무슨 짓을 한 것인지, 내 잘못인지, 그 아이들 잘못인지…

"다만, 연희는 잘못 없다."

또 한숨만…. 최근 부쩍 한숨이 많아졌다.

벌써 3개월이라는 시간이 지나가버린 것이다.

그렇게 주말이면 캠핑과 낚시. 무얼 했는지 모르겠지만 그렇게 지냈다.

아무 생각 없이.

약속한 날짜가 다가왔다. 단순히 이사를 하는 게 아니라 집을 구해야 했다. 동생의 집에서 3개월 동안 지낸다고 약속을 했기에. 집을 구할 시기가 다가왔는데도 형편이 힘들었다.

아직 집을 구할 돈이 부족한데 어쩌지?

이때 제주도에 물 부엌이라는 게 있다는 것을 처음 알았다. 부엌 겸 그곳에서 씻고 하는, 옛날 단칸 자취방 같은 느낌. 많은 세대가 사는 곳에 화장실은 밖에 딸랑 하나 있는 경우도 있었다. 아침이면 줄 서서 난리가 날 듯.

돈에 맞게 구하려니 집이 너무 엉망이고, 저렴한 곳은 물부엌이 태반이었다. 그나마 나은 곳은 방이 완전 성냥갑이거나 닭장처럼 느껴져 답답하기만 할 뿐. 예전 서울 오피스텔 마냥 침대가 아닌 바닥에 두 명이 누울 공간도 없다.

돈은 없지만 그래도 내가 원하는 집을 구해야만 했다. 가격에 맞게 구하려니 집이 엉망이고, 한 달 살기로 들어가 봐야 또 이사를 가야 할 것 같고⋯. 그렇게 집을 알아보고 고민을 하던 때 퇴직금이 들어왔다.

"고맙다."

같은 가게에 있을 땐 그렇게 얄밉게 굴었는데, 나오고 나니 정확한 시기에 넣어준 퇴직금이다. 입사한 지 얼마 되지 않아 큰 금액은 아니었지만, 나에겐 작은 방을 구할 밑천이 되었다. 그렇게 퇴직금과 펀드 보험을 중간 인출한 돈으로 원하는 집을 구할 수 있었다(제주도는 월세라는 말보다 연세라는 말을 많이 쓴다. 1년 치를 한 번에 내면 한 달 정도의 월세를 제외해 준다. 일종의 사글세 개념이다).

몇 곳을 알아보다 제주 시청 근처 아라동에 4층 옥탑방을 구한 것이다.

작은 옥상이 있었으면 정말 좋으련만, 아쉽게도 옥상은 없다. 그래도 창을 열면 한라산이 보인다.

한라산이 보이는 전망. 그리고 민감한 성격인 나에게는 4층이라 잡소리가 들리지 않는 이곳이 딱(예전 자취 생활의 노하우로 원룸 구하는 방법이다). 집 모양이 꼭 캠핑 때 쓰는 티피 텐트를 연상시켰기에 잘 꾸미면 예쁜 방이 될 것 같았다.

우선 가격 대비 방이 넓은 게 좋았는데, 단점은 에어컨만 있다는 것이었다. 또 계산에 들어갔다. 이것저것 설치하고 이러쿵저러쿵해서 대략 80만 원 정도 들 것 같았다. '그래. 여기서 3년만 살면 다른 집과 비교해도 본전은 뽑겠구나.' 하는 생각에 방을 계약했다.

처음에는 모든 걸 중고로 세팅하려고 여기저기 발품을 팔았는데, 원하는 것이 하나도 없었다. 여러 중고센터에 전화를 해도 다들 없단다. 새 것으로 하자니 부담이 되는 만만치 않은 금액. 급여는 한정되어 있고 여유 자금도 없는 상황. 어쩌지…

그렇게 알아보던 중, 무이자 10개월이 눈에 확 들어왔다.

"그래, 이 방법이다!"

한 달에 얼마씩이면 생활비 걱정 없이 잘 지낼 수 있겠지. 나는 그냥 그게 다인 줄 알았고 잘 풀릴 줄 알았는데, 제주 대리점에는 주문한 물건이 없어 육지에서 물건이 배송되어야 하기 때문에 일주일에서 보름이나 걸린단다. 무슨 장난하는 것도 아니고…. 이 더운 7월에 냉장고도, 세탁기도 없이 어떻게 지내냐고 따지기도 했지만 별 도움이 되지는 못했다. 물건이 없다는데 어쩌겠나!

그렇게 또 버텼다.

음식은 최소한으로 줄이고 빨래는 손빨래(요즘 시대에 말이 안 되는 상황이다)를 했다. 여름이라 가벼운 손빨래는 쉬웠다. 그런데 왜 내가 여기서 손빨래를 하고 있어야 하는지. 집 놔두고 여기서 왜! 며칠 동안은 엄청 울었다. 아니, 눈물만 계속 흘리고 있었다.

편의점 도시락을 먹고 있는 내 모습. 방에는 아무것도 없어 얼핏 보면 창고를 연상시키는 방에 이불만 펴두고 지낸다는 느낌. 이 모습을 엄마가 보면 아마 쓰러지시겠지. 그런 생각에 더 서글프고, 눈물을 흘렸는지 모른다. 차라리 텐트 생활이 더 좋았을 것이라고 몇 번이나 생각했고 고민도 했다. 그냥 직장 근처인 이호 해수욕장 뒤편에 있는 솔밭에서 텐트 치고 몇 달을 더 버텨볼걸.

그렇게 일주일 정도 고생하고 주문한 물건이 도착해 자기 자리를 잡자 나는 곧바로 마트로 내달렸다.

'먹을 것부터 채우고, 오늘 저녁은 제대로 된 밥을 먹자.'

젠장. 또 운다. 그렇게 울고 또 울고…. 난 울보가 맞는가 봐.

다음 날. 주말을 이용해 잡화점에 가서 방을 꾸밀 소품을 고르러 갔다. 정말 내게 필요한 몇 가지만 구입하고자 했지만, 나의 지름신은 나를 가만히 두지 않았다. 눈앞에 보이는 모든 것이 다 예쁘고 내게 필요할 것 같은 느낌. 결국 결제 금액이 9만 원을 넘었다. 이곳에서 이렇게 나오다니…. '어이가 없다.' 그리고 다음 달 생활비가 십만 원 모자란다는 생각이 번뜩. 나의 지름신 덕분에 되돌릴 수 없는 일을 저지르고 말았다.

'어떻게든 되겠지. 살아보자. 한번 해보자.'

방을 둘러보자 옷걸이, 행거, 이불, 노트북….

"에게? 이게 전부?"

가지고 온 옷이 몇 벌이 되지 않기에 행거를 보니 남는 공간이 많았다.

행거가 너무 크게만 느껴졌다. 걸려있는 옷이라고는 정장 바지 두 벌, 청바지 하나, 그리고 겨울 패딩 점퍼 하나에 반팔 티 몇 장. 참 초라하다.

그나마 주방은 조금 나은 편이다. 그릇과 수저 등 웬만한 것은 다 세팅을 했기에.

혹시나 누군가가 찾아와도 음식을 해먹을 수는 있는 정도. 두 사람이 음식을 해서 먹기에는 부족함이 없을 정도로 세팅을 해둔 것이다.

냉장고만이 유일한 나의 안식처다. 문을 열면 뭐든지 먹을 수가 있다는 것이 좋았다. 비록 일회용이긴 하지만, 없는 형편에 이 정도면 감지덕지다. 급여를 받으면 남는 여윳돈이 오십만 원이다. 오십만 원으로 한 달 기름값 대고 먹을거리까지 사야 한다니….

말이 되지 않는 상황이다. 육지에 있을 때와는 다른, 완전히 절제된 삶을 살아가야 한다.

술 담배 다 끊고 그러면 조금 더 여유가 생긴다. 하지만 아쉽게도 난 아직도 이 녀석들을 즐겨 찾는다. 담배는 언제 끊을지 나 자신도 모른다.

제주도에 내려와서 매일 술을 마셨다. 마시지 않으면 안 될 것 같았다. 그때 아픔이 또 생각이 날까 봐. 가슴이 터질 듯한 답답함과 불안함이 몰려와 술에 취해야만 잠들 수 있었던 것이다.

다행히 예전처럼 새벽에 깨는 일은 한 번도 없었다. 지금은 술꾼이 되었지만, 그래도 아픔을 잊기 위함이 아닌 즐기게 된 술. 어느새 나도 한라산 소주 마니아가 되어버린 것이다.

"소주는 역시 한라산이여."

어느 날, 필요한 게 있어 인터넷 쇼핑을 한 적이 있었다. 제주도에 내려온 지 얼마 되지 않은 상황이라 어디를 가야 내가 원하는 것이 있는지 알수 없었기 때문이다.

오름과 유명 관광지, 중산간, 웬만한 곳은 대부분 알고 있는 나다. 그런 나의 취약점이 바로 제주시와 신제주다. 아는 곳은 시청뿐. 이곳을 제외하고는 시내 구조를 전혀 모른다. 직원들이나 동생에게 물어보면 가볍게 알아낼 수 있겠지만, 사람 많은 곳이 싫어졌기에, 사람이 두려움의 대상이었기에 가지 않았다.

인터넷 쇼핑을 하고 결제. 모든 연락처를 지웠고 전화가 와도 모두 모르는 번호이며 업무 시간에는 휴대폰을 휴대하고 다니지 않기에 퇴근길에 문자를 확인하는 중.

제주도라서 추가 배송비를 입금해야 발송이 된다고.

"아~ 정말 짜증난다."

그럼 처음부터 그렇게 결제를 하게 해두었어야지!

"짜증에 짜증이다!"

어떻게 택배비가 더 비싼 건지. 구매한 물품은 선크림으로 1+1 제품. 결국 추가 택배비로 인해 제값 주고 구매한 결과가 나온 것이다. 아깝다! 이럴 줄 알았으면 집 인근 화장품 가게에 갈 것을. 그러면 샘플이라도 잔뜩 얻을 수 있었을 텐데.

자취방에 매트리스가 없어 제주도 여기저기를 돌아다닌 적이 있다. 하루 종일 돌아다녀봤지만 모두 시원찮았다. 그냥 엄마에게 전화해서 내 방에 있는 침대를 화물로 보내 달라고 할까?

가격이 저렴한 것은 터무니없을 정도로 품질이 안 좋고, 괜찮은 것은 금액이 만만치 않고. 그렇다고 바닥에서 자려니 자꾸 뒤척이고… 매트리스를 구하긴 해야 하는데 인터넷을 아무리 뒤져보아도 제주도 및 산간지역은 배송 불가다.

"아니, 왜 제주도는 안 되냐고요! 그럼 여기 살고 계시는 분들은 어떻게 샀냐고!"

그렇게 물어보고 싶었고, 또 물어보기도 했지만, 역시 모든 이유는 돈이었다.

그러던 와중 우연히 홈쇼핑을 보다 내가 원하는 매트리스, 그것도 가격대가 맞는 매트리스를 찾았다. 심지어 더블 퀸사이즈.

"예쁘다. 내가 정말 필요로 했던 것이고, 가격도 맞다."

하지만 방송을 보던 나는 한숨만.

"아~! 젠장!"

제주도는 배송 불가.

결국 생각해 낸 방법이 캠핑용 에어 매트리스. 캠핑 때 몇 번 경험해봤기 때문에 그나마 편안하다는 것을 알고 있었고, 그래서 에어 매트리스로 결정했다. 그렇게 결제했는데 날아온 문자 한 통!

'추가 배송비요.'

당신이 계신 곳은 우리가 가고 싶어 하는 제주도. 그러니 괘씸해서 택배비 추가요! 여기가 제주도라는 것을, 내가 여기 있다는 것을 택배사가 마치 약을 올리듯 알려주는 것 같아 살짝 웃음이 나오기도 했다.

에어 매트리스가 왔다.

'에구구…'

폭신폭신한 게 마치 풍선 같은, 물침대 같은 느낌. 문제는 누워서 움직일 때마다 "뿍! 뿍!" 소리를 낸다는 것이다. 이 소리를 잡기 위해 얇은 이불을 깔았다. 그리고 나니 이젠 가벼움에 "휙!" 하고 돌아다닌다.

에어 매트리스의 또 다른 장점 발견! 편히 자고 싶을 때 바람을 조금 빼면 물침대처럼 찰랑찰랑하며 나를 감싼다. 꼼짝 못 하는 미라 마냥. 그런데 이상하게 잠은 더 깊게 잔다. 출렁거려서 잘 못 잘 것 같은데 더욱 깊은 잠을 잘 수 있다는 것을 알고 나서는 늘 바람을 80%만 주입한다. 푹

신함과 내 몸을 감싸는 그 느낌이 좋아서. 게다가 청소도 쉽다.

다들 무거운 매트리스를 "낑낑"거리며 옮겨 청소한다고 고생하지만, 에어 매트리스는 그냥 발로 "퉁!" 차면 저쪽으로 가버리는 것이다. 이렇게 편안한 에어 매트리스에도 단점이 있다는 것을 얼마 후에 알았다.

처음에는 알 수 없었던 사실이, 장시간 사용하고 나서야 문제가 나타난 것이다. 요놈에게 가끔 바람을 넣어주긴 하는데 자꾸 매트 가운데 부분이 배 나온 사람처럼 변형되는 것이다. 뒤집어도 똑같은 모양. 즉 변형으로 수명이 짧다는 게 문제였다. 결국 이번에는 조금 더 견고해 보이는 에어 매트리스로. 처음 것은 이만 원 대였으며 두 번째는 삼만 원 대로 가격을 높였다. 이유는 조금이라도 더 오래 쓰지 않을까 해서. 그런데 그게 적중했다.

신기하게도 몇 년이 지난 지금도 아무 변형 없이 아주 잘 사용하고 있지만 가끔은 육지에 있는 내 침대가 그립기도 한 것이 사실이다.

자, 볼품없는 내 방 이야기는 여기까지.

얼마 후 휴가.

"엥? 뭐야, 벌써 휴가?"

그러고 보니 나도 아무 생각이 없긴 없었구나. 벌써 7월이라니.

7월 말부터 주어진 4일간의 휴가. 다들 어디를 예약하고 어디를 다녀온다고 난리다. 부러움의 대상이다. 만약 육지에 있었다면 또다시 제주도를 돌아다닐 여름휴가 계획을 짜고 있었겠지만, 난 지금 제주도에 살고 있는데.

"어딜 가지?"

제주도. 여기에서 일을 하고 있다는 것, 그리고 여기 살고 있다는 것 자체가 내겐 여행이고 삶인데… 주말이면 항상 여행객의 기분으로, 여행객인 것처럼 돌아다는 나에게 휴가라니. 그냥 일이나 할까…?

"그럼 재모 씨 혼자 나와서 일해. 우린 휴가 갈 테니까."

처음으로 자신이 없었다. 육지에서는 혼자서 일을 해본 적도 많았다. 하지만 이 큰 규모의 직장에서 혼자 일한다? 차량 입고량이 하루 평균 70대고, 성수기라 더 많을 것이 뻔한데? 혼자는 절대 불가능하다.

결국 나도 휴가. 제주도라는 여행지에 와서 살다 보니 휴가가 아니라 단지 주말이 조금 길어졌다는 느낌이었다. 언제부터인가 나도 여유가 많아졌다는 것을 깨달은 순간이었다.

제주도를 찾아오는 여름 휴가철 인구가 50만 명. 제주도 전체 인구에 맞먹는 숫자.

그래, 나도 제주도에 여행을 온 사람 중 한 명이 되어 놀아보자.

일단 휴가 계획을 세워보자.

첫날은 여행객인 것처럼 변신해서 반시계방향으로 해안도로를 드라이브하며 제주도 한 바퀴 돌기. 매일 예쁜 곳, 멋진 곳 두세 곳 정도 가보기. 일출과 일몰 보기. 지금까지 제주 바다에 한 번도 들어가 본 적이 없었으니 해수욕 해보기.

누구나 그렇겠지만 나 또한 계획대로 일이 진행되지 않았다.

제주도 한 바퀴라고 해봤자 해안도로 기준 250㎞. 서너 시간이면 한 바퀴를 다 돌아버린다. 중간중간 좋은 곳이 있었지만 내리지도 않고 그냥 스쳐 지나버렸기에 결국 아침에 출발하면 점심에는 집으로 돌아올 수밖에 없는 것이다.

"어디를 가볼까…"

이것보다 더욱 고민하게 만드는 것이 바로 날씨!

제주도의 습도는 정말 무섭다. 예전에 여행을 할 때보다 날씨가 더 독해

진 것 같다. 찜질방에서 젖은 옷을 입고 불한증막에 들어가 억지로 참고
앉아 있는 느낌이라고 할까. 가만히 있어도 땀이 막 쏟아진다. 제주도의
전 지역이 그렇다. 제일 시원한 곳이, 아니 도피처가 집밖에 없는 것이다.
덥고 꿉꿉해서 나가기가 싫다. 밖으로 나가면 즉시 태양에 타 죽을 것 같
고, 들이마시는 공기마저도 뜨거운 이런 날….

　그러다 생각을 해낸 곳이 중산간.

　중산간에는 한라산 둘레길을 비롯하여 많은 숲길이 있는데, 그곳은 태
양을 피할 수 있고 습도도 일정하게 유지된다. 그렇게 가게 된 곳이 바로
서귀포 돈내코에 있는, 천년의 사랑이 이루어진다는 곳. 금슬 좋은 원앙
한 쌍이 살았다 하여 지어진 원앙폭포. 작은 숲길을 걷다 보면 정체를 알
수 없는 이름 모를 새들의 속삭임.

쫄쫄쫄.

흐르는 시냇물소리와 바람이 나뭇가지 사이를 훑고 지나가는 소리가 들려온다.

두 줄기 폭포 옆 그늘진 바위에 앉아있다 보면 시간이 금세 지나간다. 한라산에서 내려오는 물은 정말 깨끗하다. 그렇게 그곳에서 발 담그고 책 읽으면서 하루를 보낸다.

이게 정말 나만의 휴가 아닐까? 누구의 간섭도 없고 다른 사람의 시선을 의식할 필요 없이, 아무도 없는 곳에서 편하게 지내는 것 말이다.

그렇게 하루를 보낸 다음 날. 또 갈 곳이 없다.

또 빈둥빈둥. 도대체 제주도를 몇 바퀴를 돌고 도는 것인지. 또 해안도로 드라이브다. 여행객인지 도민인지 알 수는 없지만 바다에서 휴가를 즐기는 사람 구경… 부럽다. 재밌겠다.

송악산 둘레길을 가장 더운 날, 빛이 가장 뜨거운 시간에 눈만 빼고 완전무장을 한 채 걸어본 적이 있다. 항상 여행객들로 북적대는 곳인데, 이날은 날씨 때문인지 한 시간 남짓을 걸었는데 마주친 사람이 없을 정도였다. 이열치열. 자연 찜질방에 왔다는 느낌으로 데크에 혼자 누워보기도 하고 인증 샷도 찍어보는 등 혼자 놀이에 도전한 적도 있다.

정오의 뜨거움. 빛의 열기를 모조리 머금은 데크는 그냥 뜨겁다 정도가 아닌 그야말로 미치겠다는 말이 절로 나온다. 내가 왜 이런 미친 짓을 하고 있는 것일까! 뜨겁게 달궈진 대리석 바닥에 누워 있다는 느낌. 이건 사람이 할 짓이 아니다.

집으로 돌아가는 길. 내가 좋아하는 새별오름에 잠시 들렀다.

"앗, 독한 사람들!"

나보다 더 독한 사람들이 있었다. 이렇게 뜨거운 날, 호흡을 하면 가슴이 타들어 갈 것 같고, 바람 한 점 불지 않는 이런 날에 오름을 올라가는 사람이 있다니. 게다가 정상에서 이 뜨거움을 즐기고 있는 사람들까지. 분명 여행객일 것이다. 도민은 저런 무모한 짓은 하지 않는다. 정상에 계신 분들, 정말이지 대단하다.

여행이란 게 재미나기도 하며, 사람을 초인으로 만들기도 하는 것 같다. 짧은 꽃무늬 원피스에 운동화를 신은 그녀! 왕따나무를 가기 위해 길도 없는 도랑을 뛰어넘는 건 기본이며 그런 옷차림으로 꼭두새벽부터 한라산을 등반하겠다고 끝까지 나에게 우기는 이 아이. 겨울왕국을 보겠다며 청바지에 아이젠도 착용하지 않고 윗세오름 어리목코스를 오르기도 했다.

추운 겨울 이호 해수욕장의 방파제와 말등대를 바라보고 있으면 춥다고 투덜투덜 대면서도 차가운 콘크리트 바닥에 앉아 포즈를 잡고 말등대를 배경으로 삼아 사진을 찍는 여자애들. 그것도 추운 날씨에 미니스커트를 입고서 말이다. 분명 엉덩이와 허벅지가 엄청 차가울 것인데 그 차가움과 추위를 이겨낸다. 얼굴은 웃고 있다. 몸은 춥고 시려도 한 장의 사진을 위해서, 인생샷을 위해서 필사적으로 웃고 있는 것이다. 모두가 연기자이다.

"여자는 차가운 곳에 앉는 거 아니야."

분명 어릴 적 엄마에게 그토록 많이 들었던 말인데, 여행 와서 찍는 인증샷! 그 한 장 때문에 엄마의 말과 차가운 콘크리트 바닥을 극복하는 장면을 많이 목격한다.

세상의 모든 어머니도 대단하지만, 카메라 앞에 서 있는 여자를 비롯한 모든 여성은 대단하다. 엄마는 알고 계실까? 분명 친구 집에서 잔다고, 친구랑 여행 간다고 나가놓고는 제주도에 와서 사랑놀이를 하고 있다는 것을.

이호 방조제는 곧 개발된다는 말이 있다. 땅을 매립한 사람이 중국 투자자라는 말이 있고 이곳에 호텔을 세운다는 말도 있다. 송악산도 그중 한 곳이다. 이렇게 제주도 곳곳에 중국이라는 나라가 들어와 있다. 이것이 현실이기에 실망스럽지만 어쩔 수 없다고 생각한다.

이호 방파제는 한여름 밤의 낭만을 제공하는 장소로도 유명한 곳이기도 하다.

편히 앉아 수평선 위에 떠 있는 수많은 한치잡이 배를 볼 수 있다. 몇 척인지 헤아리기 힘들 정도. 한치와 갈치를 모으기 위해 배에서 켜놓은 새하얀 조명이 하나하나 모여 정말 멋진 장관을 연출한다.

이 빛은 하늘에서 보면 더더욱 화려해 보인다.

육지에 있을 때 자주 가던 부산의 이기대, 해운대 밤바다나 여수의 밤바다처럼 인공적으로 만든 장관이 아니라 제주도 사람들의 일상인 고기잡이가 이곳을 찾는 사람들에게 한여름 밤의 멋진 밤바다를 선물하는 것이다. 그래서일까? 이 모습을 보기 위해 수많은 사람이 이곳을 찾는다.

나도 가끔 통닭과 맥주를 들고 즐기러 간다. 잠은 당연히 텐트에서. 이날은 맘껏 먹고 즐길 수 있다. 술에 취하면 미리 처둔 텐트로 쏙 들어가면 되고, 음주운전을 할 필요도, 대리운전을 부를 이유도 없다. 이제는 그 누구의 시선도 두렵지 않기에 경찰의 눈치를 볼 필요도 없다.

이렇듯 다 좋은데 딱 한 가지 아쉬운 점이 있다면 아침 일찍 해가 뜨기도 전에 일어나야 한다는 것이다. 첫 비행기를 시작으로 끊임없이 들려오는 비행기의 이·착륙 소리 때문이다. 여름의 태풍이나 강풍에도 어떻게 비행기는 그렇게 잘 뜨고 내리는지…. 파일럿과 기장님들, 정말 대단하시다.

존경스럽다.

제주도의 태풍. 여름이면 매번 주시하는 게 태풍 이야기, 각 언론 매체나 뉴스에서 언급하는 태풍이 도착한 제주도.

제주도의 태풍은 어떨까? 어느 정도의 규모일까? 큰 태풍이 올 때는 소형차가 굴러가는 것까지 본 사람이 있다는 얘기를 듣기도 했지만 "에이~! 설마~." 했다. 그래서 태풍을 직접 경험해보고 싶었지만 아쉽게도 이번 태풍은 제주도를 비껴갔다. 아니 느껴질 못했다.

하지만 그 대신이라고 할까? 놀라운 풍경이 내 눈앞에 펼쳐졌다.

바로 가시거리와 구름.

태풍이 지나간 다음 날. 제주도의 하늘은 표현하기 힘들 정도로 예쁜 모습을 보여준다.

끝없이 펼쳐진 뭉게구름. 새하얀 구름의 신비함. 그리고 구름이 저렇게나 예쁠 수가 있다는 것을 그때 처음 알았다.

한라산은 늘 구름에 가려 있거나 미세먼지에 덮여 자기의 본모습을 쉽게 보여주지 않는 녀석이다. 그런데 태풍이 지나가면 아주 맑은 하늘 아래 우뚝 서 있는, 당장이라도 손에 쥐면 충분히 쥘 수 있을 것 같은 한라산을 볼 기회가 생긴다. 가끔 여행 오신 분 중 "한라산이 어디예요?"라고 묻는 분들 계시던데 그런 분들께 말씀 드리겠다.

"지금 서 있는 곳에서 한 바퀴 돌아보세요. 가장 높은 산 보이시죠? 그곳이 한라산입니다."

그리고 이때가 나에게는 가장 바쁜 시기이다.

가시거리가 아주 좋은 이런 날이야말로 한라산을 배경으로 제주도의 모습을 사진으로 담기 좋은데, 정작 주어진 시간은 너무 짧다. 여행객분들은 너무 날씨 탓하지 마셨으면 한다. 여기 살고 있는 우리도 구름이 하나도 없는 한라산을 보기 힘들다. 이렇듯 일 년 중 선명한 한라산을 볼 수 있는 날이 열 손가락 안에 들 정도이니 당연히 바쁠 수밖에 없는 것이다.

가시거리가 좋은 날은 다도해인 남해 일대의 섬들이 보이기도 한다. 육지를 오가는 고속 쾌속정으로 2시간 내외의 거리. 제주도는 육지와의 최단거리가 87㎞ 정도이니 충분히 보이는 것이다.

나는 태풍이 싫다. 한 번은 지나가야 하는 태풍이기는 하지만, 피해가 너무 심각하기 때문이다. 그래도 태풍이 만들어 주는, 자연이 그려낸 그림 같은 풍경의 신비로움 때문에 난 태풍을 싫어하면서도 늘 태풍에 목말라 있는 것처럼 항상 태풍을 기다린다.

재미난 일화가 하나 있다.

태풍이 오는 날이면 우리 사장님은 집에 가시질 못한다. 가게를 지켜야 한다고. 이 말에 내가 태풍을 더더욱 기대했던 것이 사실이다. 그런데 태풍이랑 가게에서 주무시는 것이랑 어떤 연관이 있을까?

조립식 건물로 지어진 우리 가게에 벽이 두 번이나 태풍에 의해 뜯겨 나갔던 적이 있었단다. 심지어 서로 다른 벽이. 남쪽 한 번, 동쪽 한 번. 한쪽 벽은 강풍에 뚫려 버렸고, 또 다른 태풍이 찾아왔을 때는 우여곡절 끝에 날아갈 뻔했던 벽을 간신히 잡았단다. 태풍이 몰아치는 그 새벽에 사모님과 사장님이 벽을 붙잡고 버티셨다는 이야기. 그때 사모님은 핸드폰 바꾼 지 이틀밖에 되지 않은 상태였는데, 그날 벽을 잡고 있었던 탓에 핸드폰이 고장나는 것으로 태풍으로 인한 피해를 마무리하셨다고. 그 이후 사장님이 생각해 낸 대처 방안은 다음과 같다. 어김없이 태풍이 온다는 소식을 들으면 지인들을 통해 큰 화물차를 몇 대 빌려 가게 주변을 꽁꽁 막아버리는 것이다.

태풍이 지나간 다음 날. 별문제 없이 지나갔지만 도로 상황이나 모든 것이 궁금했던 나. 당연 회사의 벽 상태가 제일 궁금했다.

"태풍 왔다 간 것 맞아? 뭐야. 아무 변화 없는데?"

일찍 출근해서 여기저기 둘러보다 고객 쉼터에서 주무시고 계시는 사장님을 발견. 옆 테이블에는 맥주 캔이 널브러져 있고, 그 옆엔 비상 조명까지….

우스운 상황이다. 우리 가게에 들어오려면 전동 셔터를 열고 들어와야만 한다. 출입구가 그곳뿐이기에. 그런데 셔터 올리는 소리가 꽤 크다.

"큭, 큭, 큭. 덜커덕, 덜커덕, 덜커덕."

다 부서질 듯한 소리. 그 정도로 셔터가 열리는 소리가 큰데, 정작 사장님께서는 내가 들어올 때 셔터 여는 소리를 듣지 못하신 거다. 그러니 저렇게 태연하게 한쪽 다리를 소파 위에 얹고 마치 소파를 사모님인 듯 끌어안고 주무시고 계시는 거겠지.

한참 그러고 있다가 잠에서 깨어난 사장님의 한마디.

"어라? 너 이 새끼 언제 왔냐? 셔터 소리 못 들었는데."

'사장님, 이젠 태풍 오는 날 괜히 고생하지 마시고 집에서 사모님 안고 편안히 주무세요. 셔터 소리도 듣지 못하시는데.'라는 말은 속으로 삼켰다.

제주의 여름에는 또 다른 별미가 있다.

바로 '집중 호우'다.

정말 이건 비가 와도 너무 많이 온다. 하늘에 구멍이 난 것처럼, 누군가가 양동이로 물을 들이붓는 것처럼 온다. 내리는 비가 아니라 말 그대로 쏟아져 내리는 비다.

도로를 달리다 보면 차량 본네트 앞에 물이 차오르는 것을 경험을 하기도 한다. 이럴 땐 예전에 여행을 왔을 때 택시기사님이 하셨던 말씀이 떠오른다.

"제주에 하루 만에 1,000㎜에 가까운 비가 내린 적이 있었는데, 운전 베테랑인 나도 그땐 무서웠어! 그날은 제주도의 도로가 전부 강처럼 느껴졌거든!"

난 이날 기사님의 말씀을 몸소 실감했다. 정말 이건 아무리 생각을 해봐도 너무 많이 내린다. 이 많은 비에도 피해가 별로 없다는 것이 의아할 정도. 물론 조금 있기는 하지만 육지와 비교하면 없다고 해도 될 정도다. 쏟아지는 비가 700㎜ 정도인데, 장난 하는 것이 아니라 700㎜의 비가 내리는 걸 직접 겪어보면 꽤 재미있다. 그래도 이쯤 되면 비가 무섭게 느껴질 수밖에 없지만. 운전 중 차량 와이퍼 속도를 최대한 빨리 작동시켜도 시야가 확보되지 않는다.

'혹시 속도가 높아서 그런가?'

차를 세워서 다시 한번 확인을 해보았지만, 보이는 것은 엄청나게 빨리 움직이는 검은 막대기 두 개와 앞 유리창을 덮은 물 폭탄뿐. 아무것도 보이질 않는다. 와이퍼가 쏟아지는 비를 감당하지 못하고 있는 상황인 것이다.

이런 날은 각 교차로마다 경찰들이 출동한다. 처음에는 조금 의아했다. 이 비라면 경찰관들도 위험할 텐데 왜 교차로마다 경찰들이?

답을 얻는 데는 얼마 걸리지 않았다.

제주도의 지형은 제일 높은 한라산을 기준으로 삼각형 모양이다. 그리고 대부분의 도로는 비탈길. 그래서 교차로에서 한라산을 보는 방향에 놓인 도로는 쏟아지는 비 때문에 도로가 아닌 강처럼 보인다. 높은 곳에서 낮은 곳으로 흐르는 빗물이 교차로에서 합류하게 되는데, 그 결과 교차로는 하나의 웅덩이가 된다. 잘못하면 시동이 꺼지는 차량이 생길 확률이 높아지기 때문에 경찰관들이 그렇게 나와 있는 것이다. 그런데 이렇게 많은 비가 내림에도 피해가 별로 없는 이유가 제주도의 삼각형 지형 때문이라는 것이 또 신기하기도 재미나기도 하다(제주도의 해안도로뿐 아니라 어느 도로를 달리더라도 바다가 보이지 않는 곳이 없고 한라산이 보이지 않는 곳이 없다).

이렇게 올여름은 별 탈 없이 지나갔다. 하지만 나에게 태풍이란 미련을 남긴 여름이기도 했다.

뭉게구름이 피어나기 시작한 가을이 다가오는 주말. 회사 동료 중 큰 형님의 초대를 받았다. 초대라기보다는 자취생들 저녁 한 끼 먹여주는 게 목적이었는데 직원들이 모두 모인 것이다.

외도에 살고 있는 큰 형님의 집은 고도제한으로 인해 9층이 최고층인 아파트다. 형님은 그 아파트의 9층에서 살고 계시는데, 그 집은 복층 구조에 한라산 전망과 바다 전망을 모두 만족하는 최고의 전망을 가진 집이다. 거실에 앉아 창밖을 바라보면 신 제주시와 멀리 구 제주시 일대의 풍경은 물론 한라산까지 볼 수 있다. 그것도 모자라 비행기의 이·착륙까지 볼 수 있다고. 게다가 반대쪽으로 고개를 돌리면 서쪽으로 지는 해를 볼 수 있는 그런 집이다. 집 그 자체가 부러움의 대상이 된 것은 처음이었다.

큰 형님의 말.

"비행기가 3분에 한 대씩 뜨고 내린다는 거 너 알아?"

정말 비행기가 많이 오고 간다는 것은 느꼈지만 그게 3분에 한 대꼴일 줄은 몰랐다. 궁금하면 참지 못하는 내 성격. 거실에서 창밖을 보며 시간을 쟀다. 정말 3분에 한대씩 지나간다. 제주 공항에는 3분마다 비행기 한

대 분량의 사람이 오고간다는 얘기다.

아마도 제주도에서 제일 바쁜 곳이 공항이 아닐까?

저녁 만찬은 먹음직스러운 음식과 술. 여기서 술은 내가 담당했다.

형님이 모든 음식을 만들었다는 말이 믿기지는 않았지만, 형수님이 안 계시니 당연히 믿어야겠지!

그러다 얘기가 나왔다.

"나 군대 있을 때 주특기가 취사병이었어."

이유야 어떻든 나에겐 배부르고 맛있으면 그것으로 만족. 정말 오랜만에 먹어보는 '집밥'인 것이다. 술이 어느 정도 취했을 쯤, 누군가가 왔다. 형수님이다.

처음 뵙는 자리라 조금은 어색했지만, 형수님에게서 풍겨 나오는 말괄량이 같은, 10대 까불이 소녀 같은 모습에 긴장을 빨리 풀 수 있었다. 그리고 보니 형님이랑 형수님 사이가 참 다정다감하다. 서로 존댓말을 하면서도 친구 같은 그 무언가가 있다고 할까?

'결혼과 행복이 이런 것이구나! 부부는 서로 닮아 간다는 말, 이분들이 보여 주고 있는 거구나. 이것이 결혼이고 부부의 삶이구나.'

서로가 서로를 배려하고 자기 욕망만 채우려는 것이 아니라 자신의 것을 하나 포기하고 서로에게 맞추며 둘이 하나가 되어 간다는 게 이런 것이라는 걸(형님의 딸은 아빠가 아직 철부지라고, 언제 철드냐며 아빠에게 폭풍 잔소리 중이다) 깨달았다.

그때 형수님의 말씀.

"재모 씨, 우리 부럽지? 부러우면 장가가요."

부럽기는 해도 장가는 가고 싶지 않았다. 구속된 삶이 싫었고, 내 인생을 포기하고 싶지 않았기 때문에. 누군가를 챙겨주는 것이 너무 벅찼기 때문에. 그런데 이 꿈은 깨져 버렸다.

태풍처럼 나에게 찾아온 한 아이 덕분에 지금은 내 삶이 아닌, 곁에 있는 이 아이의 삶을 위해 맞추고 또 맞추고… 꼭 형님 내외처럼 그렇게 알콩달콩 살아가고 있기 때문이다.

그렇게 수다를 떨다 집으로 갈 때쯤, 변수가 생겼다.

제주도 버스가 이렇게 빨리 끊길 줄이야. 덕분에 생각하지도 못한 문제가 발생했다. 자취방에서 형님 집까지 한 번에 오는 320번 마지막 버스가 운행 종료되었다는 안내. 그냥 택시를 타면 될 것을 돈 좀 아끼려고 정류소에서 한참을 기다리다 이상한 번호의 버스를 타게 된 것이다.

술기운에 자리에 앉자마자 꿈나라로…. 이상한 느낌에 눈을 떠보니 버스의 차창 너머로 낯선 풍경이 펼쳐져 있는 게 아닌가!

내 자취집으로 가려면 번화가를 지나가야 한다. 그런데 이 버스는 불빛이 없는 곳으로만 자꾸 달려가고 있는 것이다. 다급히 벨을 눌러 하차했다. 처음 와본 동네다. 불빛이 하나도 없어 어디가 어디인지 도저히 확인할 수 없는 상황. 낮이면 한라산과 바다를 보고 알 수 있겠지만, 깜깜한 밤이라 보이는 건 가로등에 비친 버스정류장과 의자 하나뿐. 심지어 이 도로는 차가 다니지 않는다.

어쩌지? 어떻게 해야 집에 갈 수 있지? 어느 방향이 집으로 가는 방향일까?

'길을 잃었다. 택시도 없다.'

희미하게나마 보이는 네온사인 방향으로 30분 이상 걷다가 다행히 지나가는 택시를 잡을 수 있었다. 목적지를 말하고 어둠에 익숙해진 눈으로 주위를 바라보니 멀리 형님의 동네인 외도가 눈에 들어왔다.

'앗! 내가 반대 방향으로 가는 버스를 탔구나!'

저녁 만찬은 밤 10시 전후에 마무리 됐는데 집에 도착하니 자정이 다되어 가는 시간. 도대체 난 얼마나 길바닥에서 헤매고 다닌 건지…. 형님 말씀대로 택시를 탔으면 20분이면 도착했을 것을 사서 고생했다.

쓸데없는 고집이 가져다준 최고의 체험학습을 한 하루가 그렇게 지나갔다.

앞의 사례처럼 제주도의 버스는 무지하게 빨리 끊긴다. 서귀포를 오가는 버스는 그래도 늦은 시간까지 있지만, 마을과 마을을 연결하는 버스는 9시 전후, 늦어도 밤 10시 이전에는 무조건 버스정류장에 서 있어야만 버스를 타고 집으로 들어갈 수 있다.

성산이나 협재, 김녕 쪽에 사는 사람들은 버스를 놓치면 거금의 택시비를 주고 집으로 가거나 시내 모텔에서 자는 일이 허다하다고 한다. 가끔 시내에 나가보면 버스 끊겼다고 모텔에서 자야만 하는 불쌍한 녀석들을 하루에도 몇 번씩 목격한다.

저녁 만찬 후, 우연히 큰 형님의 부인이 회사에 들른 적이 있다.

어디선가 많이 뵌 듯한데 알아보지 못하는 상황.

어디서 보았더라? 고객인가?

이러던 중, 형수님이 먼저 말을 건넸다.

"저, 은별이 아빠…?"

'앗! 형수다. 대형 사고다!'

형수님이라는 걸 그제야 깨닫고 형님 어디에 계신다고 답한 뒤 형님을 불렀지만, 이미 상황은 끝난 뒤였다.

다음 날 아침. 큰 형님과 아침 인사하며 눈을 마주치는 순간이었다.

"너, 어제 형수에게 완전 찍혔다. 어떻게 이렇게 청순가련하고 예쁜 날 못 알아볼 수 있냐고. 너무 한 것 아니냐고. '재모 씨 완전 찍혔어. 두고 보라고.' 그러던데. 너 이제 어쩌냐!"

"형님이 말씀 잘해 주셨어야죠?"

"안 해. 싫어! 나 우리 마누라한테 싸움 져!"

사람이 그럴 수도 있지…. 사람이 말이야 딱 한 번 뵌 분을 어떻게 바로바로 알아보냐고. 게다가 그땐 반쯤 술에 취해 있었기 때문에 기억이 가물가물한 상태였다.

나는 술에 취하면 그 뒤에 일어난 일을 거의 기억하지 못하는 이상한 단점을 가지고 있다. 분명 심각한 얘기나 재미난 얘기가 오간 느낌은 있는데, 기억이 안 나기에 그냥 넘어가기로. 그때 연희를 자취방에 홀로 두고 나오던 그 날도 난 취해 있었던 것이다.

술을 마시는 게 어떻게 보면 나의 가장 큰 실수라 할 수 있다.

하지만 형수님의 말이 맞을지도 모른다는 생각이 문득 들었다. 난 왜 사람을 알아보지 못하는 걸까? 생각해보니 이건 내 행동에 따른 당연한 결과였다. 내가 사람을 잘 알아보지 못할 수밖에 없는 행동을 하고 있다는 것을 꽤 시간이 흐른 후에야 깨달았다. 평소 초점 없는 시선으로 보고, 사람의 눈을 피한 채 대화를 하고 있는 나 자신을 발견한 것이다.

그렇게 또 한주, 한주가 흘러 6개월이나 지나가 버렸다는 사실이 믿기지 않을 만큼 시간은 빠르게 가고만 있었다.

여기 제주도에 내려와서 그동안 난 무얼 했지? 주중에는 당연히 일을 해야 했고, 주말에는 정신없이 무언가를 찾아 여기저기 돌아다녔던 것 같다. 그러다 힘들면 캠핑으로 허전함을 달래기도 했고…. 그렇게 바쁘게 움직이고 있었던 것이다.

왜 그렇게까지 해야만 했던 것일까?

힘들고 피곤해도 억지로 무거운 몸을 이끌고 다녔다. 그게 그녀를 잊기 위함일 수도 있고 그때의 상처를 잊기 위함일 수도 있다. 하지만 이내 깨달 았다. 내가 할 수 있는 최고의 발악을 나 스스로에게 하고 있다는 것을. 아 쉬운 시간, 너무나도 아까운 시간을 헛되이 보내고 있다는 것을. 구석에 처 박혀 있는 작은 상자, 저 상자가 이제야 보이다니…

　"그래. 내가 좋아하는 게 있었지."

　내가 제일 좋아하는 취미. 제주도를 좋아하게 된 계기가 바로 상자 안에 담겨 있는 카메라와 사진이었던 것이다. 그런데 제주도에 내려와서는 제대 로 잡아 보지를 못했다.

　가슴이 진정되질 않아서 카메라를 쥐면 손이 떨렸다. 작은 뷰파인더 속 에 담긴 풍경을 보면서도 어느 곳에 초점을 둘지, 어떤 구도를 잡아야 할지 떠올리지 못했기에 구석에 처박아 두었던 카메라.

　"이제부터라도 다시 나만의 제주도를 찾아 떠나자!"

　아니, 나만의 제주도를 이제부터 마음껏 카메라에 담아보자. 내 가슴에 담아보자.

　여기에서 살아남기로 했잖아. 하루하루를 즐겨보자. 어떤 결과물이 나 올지는 모르지만 일단 즐겨보자.

　최후에 웃는 자가 승자라고 하였던가. 그러면 내가 곧 우승자다.

　이렇게 다시 다짐했던 것이다.

　생각을 바꾸니 마음도 몸도 가벼워진 게 사실이었고, 모든 사물이 조금 씩 다르게 보이기 시작했다.

　그때가 가을. 내게는 제일 바쁜 시기였다.

　사진도 찍어야 하고, 캠핑도 가야 하고, 오름도 올라야 하며… 이렇게 갈 곳이 너무 많지만 이 모든 걸 주말에 전부 즐겨야하기에 아마 난 제주도에 내려 와서 주말이 더 바쁜 사람이 되었다. 주말이면 꼭두새벽에 일어나 지도를 보며 고민하는 버릇이 생겼다.

　동, 서, 남, 북, 시계방향, 시계 반대방향. 오름이냐, 중산간이냐.

　시간을 조금이라도 아껴보기 위해 금요일 저녁 퇴근 후 광치기에 캠핑을 가기도 했다. 해 뜨는 시간에 맞추려면 새벽에 일어나서 준비를 해야 하지만, 광치기 해변에서 캠핑을 하면 늦게 잠들어도 아침에 여유가 많아지기에. 무엇보다 좋은 것은 아무도 없는 넓은 광치기 해변에서 들려오는 파도소리와 수많은 별을 혼자만 누릴 수 있다는 점이다. 파도 소리에 잠들고 파도 소리에 깨어난다는 것도 좋았던 이유 중 하나일 것이다. 그리고 또 하나를 꼽자면, 텐트에서 아침 일출을 여유롭게 바라볼 수 있다는 것이다.

이런 와중 큰 형님의 장난스러운 말씀.

"너 광치기에 캠핑 자주 가지? 근데 거기가 왜 광치기 해변인 줄 아니?"

전혀 몰랐다. 그냥 해변. 아주 넓은 해변으로만 알고 있었다. 그러자 큰 형님이 말하길,

"예전 여기 뱃사람들이 사고가 나면 광치기 해변으로 시신들이 파도에 밀려왔어. 그래서 본래는 광치기가 아니라 '관치기 해변'이었다."

어김없이 관, 광치기 해변으로 캠핑을 간 날. 어떻게 이렇게 타이밍이 좋은 걸까?

혼자 수많은 별들을 바라다보며 즐기고 있는 그 순간, 어두워서 보이지는 않지만 꽹과리 소리와 북소리가 들려 오는 것이다. 그것도 아주 가까운 곳에서. 무얼까 하고 귀를 기울인 순간 깨달았다.

"굿이다."

왜 하필 오늘! 왜 하필 여기서! 왜 하필 자정이 다 되어가는 이 시간에 굿을 하냐고.

결국 이날은 별 하늘이고 뭐고 텐트에 들어가 듣지도 않던 음악을 듣고 잠 들어야만 했다.

'형, 왜 그런 얘기를 했어?'

아침 일출을 보고는 후다닥 철수를. 남은 이틀간의 주말을 즐기기 위해.

제주의 가을은 어느 곳을 가도 인생사진이 나오고 예쁘지 않은 곳이 없을 정도이다.

개인적으로 가시리 코스모스 길을 좋아하지만 아마도 최고를 뽑는다면 오름과 억새가 대표적일 것이다.

그리고 하나 더 꼽아보자면 5.16도로의 숲 터널이다. 서귀포와 제주시

를 이어주는 관통도로로 100년의 역사를 가지고 있는 곳.

가을의 숲 터널은 마치 영화의 한 장면을 연상시킨다. 햇빛이 좋은 날 하늘을 가리고 있는 나무들, 나뭇가지 사이로 스며드는 햇빛과 알록달록한 낙엽들의 작은 움직임까지 불어오는 바람에 신이 난 듯 엉덩이를 흔들며 살랑살랑 춤을 추고 있는 듯한….

정말 이곳은 일반인에게 1년 중 단 하루만이라도 개방되었으면 하는 바람이 있다. 가을 중 가장 이쁜 날을 정해 차 없는 거리로 만들면 어떨까? 단 하루만, 아니면 반나절만이라도.

물론 평소에도 통행량이 많아 조금은 불편하겠지만 관통해야 하는 차량은 선회를 시키고, 숲 터널 입구까지 오는 셔틀버스를 제주시와 서귀포시에서 운행하는 것이다.

숲 터널을 차 신경 쓰지 않고 맘껏 즐겨 볼 수 있다면 얼마나 좋을까! 그렇게 된다면 들불축제 정도는 아니라도 또 다른 제주의 관광 명소가 될 충분한 자격을 갖춘 곳이라 생각한다.

제주에서 내가 제일 좋아하는 길 중 한 곳이 바로 가시리 코스모스 길.

봄이면 벚꽃과 유채꽃으로, 가을에는 코스모스로 꽃으로 가득 채운 꽃길이 되는 곳이기도 하며 그 길이만 대략 8km정도이니 이 시기에는 여기도 사람으로 북적인다.

봄에는 유채꽃 축제로 도로를 일부 통제해서 유채꽃과 벚꽃, 그리고 꽃비를 마음껏 즐길 수 있다.

다시 찾아간 가시리.

하지만 아쉽게도 시기를 놓치고 말았다. 코스모스가 하나도 없다. 아니 시기가 지나서 코스모스를 전부 베어버린 것이다.

　그렇다고 '또 1년을 기다려야 하는구나.' 하고 아쉬워할 시간이 없다. 이번엔 오름이다. 그것도 억새로 유명한 새별오름. 가을의 새별오름은 사람들에게 낭만과 추억을 선물한다.

　억새밭에 숨어 사진 찍는 사람들의 모습과 오름 정상에서 바라보는 제주도의 가을 풍경은 말로 표현하기 힘들 정도이다. 단순한 풍경이지만 바라만 보고 있어도 속 시원하다는 느낌이 든다.

　도시에서는 느껴보지 못한 제주도에서만 느낄 수 있는 여유와 힐링일 것이다.

　주말이면 나만의 오름 투어가 시작된다.

　내가 가보지 않았던 오름, 나만의 오름을 찾아보자.

그렇다고 한 번에 너무 많은 곳을 보지는 말자.

그래서 하루 두세 곳을 돌아보기로 했다. 그리고 가시거리가 좋은 날은 모든 걸 다 젖혀두고 오름 투어하는 날로 정해 버렸다.

제주도의 오름은 350여 개가 넘는다고 한다. 그래서 하루 두세 곳의 오름을 돌아보며 제주도의 모든 오름을 정복해보는 것이 나의 또 다른 목표가 되었다.

제주도의 대표적인 오름을 꼽으라면 노꼬메오름, 새별오름, 송악산, 군산오름, 고근산, 영주산, 따라비오름, 지미봉, 두산봉, 백약이오름, 용눈이오름, 다랑쉬오름, 도두봉 또는 사라봉일 것이다. 이곳을 하루 코스로 계획을 세워 둘러본다면 제주도를 한 바퀴 돌아보는 결과를 가져올 것이다. 동시에 제주도의 모든 오름의 모습을 다 볼 수 있을 것이고.

한 방에 제주도를 느끼고 싶다면, 윗세오름을 찾는 게 좋다.

윗세오름 만세동산에 오르면 제주시와 제주도의 서쪽 및 남쪽, 마라도와 추자도, 서귀포까지 파노라마처럼 펼쳐지는 풍경을 한 번에 볼 수가 있다. 육지 방향으로는 남해의 작은 섬들까지 보이니 정말 추천할 만한 장소이다. 물론 미세먼지가 없어 가시거리가 아주 좋은 날이어야 하며, 이런 날은 일 년에 몇 번 주어지지 않는다. 만약 당신이 그 모습을 보았다면 정말 큰 행운을 잡은 것이다.

또한 윗세오름은 겨울 산행으로 유명한 곳이기도 하다.

"겨울 왕국."

다들 이 말만 한다. 육지에 있을 때, 겨울만 오기를 기다린 적이 있다. 윗세오름의 겨울 왕국이 보고 싶어서 몇 해 동안 겨울이 되기만 하면 제주도를 찾아와 윗세오름을 오른 적이 있었다. 나무에 쌓인 눈이 아닌, 아예 나무를 덮어버린 적설량. 쌓인 눈 때문에 이게 나무인지 확인도 되지 않을 정도였고, 심지어 눈이 쌓이다 못해 얼어버렸다. 과연 저 나무는 살아남을 수 있을까 하는 의문이 생기기도 하지만, 봄이 되면 내가 언제 얼어 있었냐는 듯 싹을 틔운다는 게 대단하다.

병풍바위를 지나면 그때부터 겨울 왕국의 문이 열린다. 20분 정도의 짧은 거리지만, 국내에서는 찾기 힘든, 제대로 된 겨울 왕국으로의 초대이다.

겨울이 되면 많은 적설량으로 인해 안전 폴대를 설치한다. 이 폴대의 길이는 2m 이상인데, 폴대 최상단에 위치한 빨간 깃발을 기준으로 남은 길이가 1m 이내면 겨울 왕국이 시작된다.

윗세오름의 주차장은 두 곳이다. 1, 2주차장으로 되어있지만 주차장 간의 거리는 꽤 멀다. 차로는 10분 내외지만 도보로는 한 시간 정도의 오르막을 올라야 하는 험난한 길이다. 그런데 눈이 많이 내린 날은 입구에 가까운 1주차장까지 가지를 못 한다. 매표소가 있는 2주차장에서 1시간을 걸어서 올라가든지 아니면 택시(!)를 타야 한다.

국내에서 유일하게 주차장과 주차장을 달리는 택시가 존재하는 곳으로, 눈길 안전은 걱정하지 않으셔도 된다. 베테랑 기사님에 스노우 타이어가 아닌 스파이크 타이어(타이어에 못이 박혀 있는 구조로 축구화나 골프화와 같은 구조로 보면 된다)를 장착한 4륜 구동 자동차까지. 그야말로 완벽하게 안전 요소를 갖추고 있다.

한 번도 이용해 보지는 않았지만 4인 기준으로 인당 2,500원 정도라는 이야기는 들었다. 그런데 돈 아깝다고 나처럼 한 시간 동안 힘겹게 걷지 마시고 그냥 편안하게 택시를 타시기 바란다.

이곳을 다니시는 택시 기사님의 실력에 도전해본 적이 있다. 눈길 운전만 해도 골치인데 오르막에 내리막까지⋯. 또 미친 짓을 한 것이다.

새벽. 매표소 문이 열리면 차량으로 1주차장까지 가려는 이들은 동의서를 적어야 한다. "내가 산을 오르겠다는데 웬 동의서?"라는 질문이 당연히 나온다. 그러나 어쩔 수 없다. 매표소에서 1주차장까지 올라가는 길에 쌓인 눈 때문에 안전 문제가 생기는 것이다. 다른 국가들에서는 이미 예전부터 실행한 일이다. 좋은 내용은 아니지만, 원칙적으로 차량으로 올라가면 안 되는 곳을 오르는 것이기에 적어야만 한다. 거기에 사인까지!

"뭐, 이 정도쯤!"

그렇게 생각하고 체인만 바퀴에 걸고 올랐다가 낭패를 봤다. 대략적인 길은 알고 있었기에 처음부터 끝까지 탄력 주행을 했다. 눈길에 급커브가 많기 때문이다. 그렇게 한참을 달리던 중 커브길 오르막에 서 있는 차량을 발견.

'앗! 왜 하필이면 저곳에…!'

어떻게 간신히 추월하긴 했지만 믿고 있던 체인이 터지는 사고가 발생했다. 체인이 빠지자 차가 앞으로 가지 못하고 점점 뒤로 밀린다. 조금만 더 가면 도착인데 아무리 액셀러레이터를 밟아도 차는 굉음만 낼 뿐 전진하지 못하고 오히려 천천히 후진하기 시작한다. 통제 불능 상황이다. 추월했던 차량을 향해 아주 잘 미끄러져 내려간다.

'에라 모르겠다. 보험처리 해버리지 뭐!'

난 운전석에 앉아 백미러를 통해 가까워지는 뒤차를 그저 바라보기만 할 뿐. 그제야 눈치를 챈 것인지 서 있던 차량의 운전자와 동승자가 눈길에 미끄러져 자기 차를 향해 후진하고 있는 내 차를 세우기 시작했다. 그 모습을 보며 난 차에서 음악을 들으며 커피를 홀짝였다.

'그래, 세울 수 있나 보자.'

두 사람은 부딪히지 않는 아슬아슬한 선에서 내 차량을 세웠다. 덕분에 사고를 피할 수 있었다고 감사인사를 한 뒤 그들과 차량을 어떻게 할 것인지 논의하기 시작했다. 차량을 세워둔 곳이 위험한 곳이었기 때문이다.

"전 2주차장에 차를 두고 다시 올라가야겠어요."

"체인도 터졌는데 어떻게 내려가시려고요?"

"저단 기어에 사이드만 잡고 어떻게든 해봐야죠."

온 촉각을 사이드 브레이크를 잡고 있는 손에 집중하고 간신히 내려왔다. 조금만 잘못해도 통제가 안 되기에. 운전면허를 따고 지금까지, 운전을 하면서 그날만큼 긴장했던 날은 아마도 처음일 것이다.

역시 눈길 운전은 하는 게 아니라는 결론과 함께 다시금 원점으로. 그 뒤 주차장에서 주차장까지 한 시간 이상 눈길을 걸었다. 오르막에 세워진 차는 아직도 그 위치에 그대로 있었다.

아직 날이 밝지 않아 통행이 없는 시간이기는 했지만, '곧 해가 뜨면 위험할 텐데? 문제 있겠는데?' 그렇게 생각하며 정상을 향해 올라가고 있던 중이었다. 병풍바위 중간쯤에서 이분들을 다시 만났다. 이분들은 급하게 하산 중. 차를 세워둔 곳이 너무 위험하고 다른 차량 운행에 방해된다는 민원을 받았단다. 간단히 말하면 이런 민원을 받은 것이다.

"차 빼라고!"

이분들은 과연 차를 어떻게 뺐을까? 다시 정상을 오르긴 올랐을까?

컵라면도 먹고 겨울 왕국에서 눈놀이도 한 뒤 천천히 내려오는 길. 세워져 있던 차는 어느새 없어졌고 완전무장을 한 채 눈길을 달리는 택시를 제외하고는 그 어떤 차량도 올라오지 않았다.

택시만 다니지 않는다면 눈썰매를 타고 신나게 하산해 보고 싶은 곳인데 아쉽다.

내가 제주도에 내려오고 나서 맞이한 첫 겨울.

정말 눈이 많이 내렸다. 어렸을 적 이후 이렇게 눈이 많이 내리는 것을 본 게 얼마만인가? 제주도에는 한라산을 제외하면 시내에서는 눈을 구경하기가 힘들다.

"눈아, 내려라. 내려라! 나도 좀 즐기자. 눈 핑계로 좀 놀아보자!"

눈이 내린다. 또 겁 없이 덤비는 나. 출근길 도로에 눈이 가득 쌓인 것이다. 운전이 힘든 상태라는 것을 알면서도 탄력 주행과 사이드 브레이크만 믿고서 차를 끌고 출근길에 올랐다. 파출소 앞에서 우회전한 후 바로 이어지는 내리막 코스. 거기서 방심했다. 우회전과 동시에 차량 뒤꽁무니가 무엇이 신났는지 먼저 돌아간다. 차가 파출소 앞에서 한 바퀴 휭~ 돌더니 사이드를 레버를 아무리 힘껏 당겨도 내리막길을 따라 썰매처럼 쭉쭉~ 미끄러져 내려간다. 다행히 앞에 차가 없어서 어떻게 세우긴 했지만, 이날 이후 눈 내리는 날은 그냥 버스를 타고 출근하기로 마음을 먹었다.

회사 마당이 대박이다. 아침인데 눈이 발목까지 빠진다. 더욱 웃긴 것은 아무도 눈을 치울 생각을 하지 않는다는 것이다.

"내버려둬. 제주도는 따뜻해서 금방 녹아."

아니다. 계속해서 내린다. 결국 직원이 모두 동원되어 눈을 치웠지만, 치워도 치워도 금세 쌓여 버리는 눈. 결국 치우다 못해 포기해 버렸다. 며칠 동안 내린 눈에 사장님은 장사를 못해서 심각한 표정인데도 난 이틀을 이용해 가게 입구에 커다란 눈사람을 만들어 인증샷까지 찍었다. 그러고는 사모님을 불렀다.

"장사 안 된다고 인상 쓰지 말고, 모두 함께 동심의 세계로~!"

그렇게 단체로 눈사람을 가운데 두고 단체 인증샷까지 찍은 내가 말했다.

"어떻게 해요? 눈 때문에 손님이 못 오시는데. 이건 저희 잘못이 아닌 '자연 재해.' 그러니 모두 놀아 봅시다. 제가 그토록 바라던 날입니다. 제주도이기에 가능한 것. 저 육지에 있을 때, 제주도는 눈 내리고 태풍 오는 날은 휴무라고 생각했거든요."

'그래, 이거지! 내 생각이 맞았네.'

눈치 없는 나는 그렇게 얘기하고 또 장난을 쳤다.

"사장님, 사모님, 저 원망 마세요. 모든 게 하늘 탓이니 전 좀 더 즐길게요."

지긋지긋하지만 나에게 며칠 동안 추억과 휴식 시간을 준 눈. 그때 내린 눈의 양은 뉴스를 통해 알았다. 이렇게 많은 눈이 내린 건 40년 만이라는 사실도. 작년 폭설로 인해 제주시가 고립된 적이 있었는데, 이번엔 그때보다 더 심각한 상황이었다. 중산간 마을 주민들은 폭설로 인해 시까지 내려오지 못해 며칠 동안 먹지도 못하고 있었다.

그런데 난 이게 좋다고 떠들며 꼭 해보고 싶었던 눈길 드리프트까지 하러 간 것이다.

심각한 상황이란 건 전혀 모른 채 눈길을 뚫고 찾아간 곳이 새별오름 주차장.

눈 덕분에 통행하는 차량도 없어 넓은 주차장과 마음대로 통제되지 않는 자동차. 마음껏 미끄러지는 그 느낌이 좋아서 눈길 드리프트를 해보고자 찾아간 것이다. 그러다 결국 앞바퀴가 눈길에 빠져 움직이지를 못하는 상황에 처했다.

지나가던 여행객들이 차량을 밀어주고 나서야 어렵사리 탈출에 성공했다. 차를 세우고 감사 인사를 해야 하는데, 멈추면 또 빠질까 살짝 겁이 났다. 그래서 선루프를 열어 손을 흔들며 후진으로 도망가듯 입구까지 빠져나왔다.

내 차를 밀어주던 그분들의 얼굴에는 다음과 같은 심정이 떠올라 있었다.

'저 새끼 뭐야!?'

그때 한 분은 분명 손으로 돈 달라는 행동까지 보여주셨는데….

눈이 그치면 제주도에는 새하얀 풍경과 함께, 눈이 내리기 전까지는 없었던 수많은 놀이터가 생긴다. 바로 중산간에 위치한 수많은 목장이다.

눈이 쌓이게 되면 목장을 시민들에게 개방을 한다. 그리고 그렇게 개방된 목장은 아이들의 놀이터인 눈썰매장으로 탈바꿈한다.

12월이 오면 제주도 아이들은 눈썰매를 타기 위해 눈이 내리는 날을 손꼽아 기다린다. 아빠는 주말에 아이들과 함께 동심의 세계로 돌아가 자신이 꼬맹이였던 시절 즐겨 찾던 목장에서 눈썰매를 탄다. 비료 포대자루로 썰매를 타던 그 느낌을 다시 한번 느껴 보는 것이다. 그리고는 마치 그때로 돌아간 듯 아이보다 더욱 신나서 썰매를 즐기는 모습을 보여 주곤 한다.

자연 그대로의 목장에 눈이 쌓인 곳을 개방한 것이라 안전 펜스나 안전 요원이 없기 때문에 안전이 최우선 되는 곳이기도 하다.

시내에서 한라산을 바라보면 군데군데 하얀 눈이 쌓여 있는데, 그곳이 바로 눈썰매장이다. 그중에서도 최고의 장소는 어승생악과 마 방목지이다. 간단한 먹거리가 준비되어 있기에 썰매만 챙겨가면 된다.

내가 갔던 새별오름 주차장도 천연 썰매장이 되기는 하지만, 중산간에 비해 눈이 녹는 속도가 너무 빠르다.

　그리고 나 같은 운전자와 사륜구동 SUV 택시가 도로를 누비고 다니기
때문에, 사람들이 썰매를 타기에는 위험한 곳이기도 하다(제주도의 승합 택
시는 대부분 사륜구동이다. 그러니 눈길을 달리는 승합 택시는 절대 따라가지 말자!
괜히 따라갔다가 오도 가도 못하는 돌발 상황이 생길지도 모른다).

　한 해가 저물었다. 시간은 어쩜 이렇게 후다닥 빨리 가버린 것인지.
　어느새 새해 첫 날.
　"어디로 가볼까나!"
　제주도에서 살아가고 있지만, 여전히 가보고 싶은 곳이 많다. 그래서 매
번 집을 나오기 전에 행복한 고민을 해야 하는 번거로움이 있다. 가끔은
내게 분신 4명이 있었으면 하는 엉뚱한 상상을 하기도 한다. 동, 서, 남, 북

으로 한 명씩 보내보게 말이다.

"야, 그쪽 날씨 어때? 좋아?"

"아니, 여기 비 와."

"서쪽은?"

"여긴 안개 때문에 아무것도 보이지 않아."

"반대쪽은?"

"야, 여기 대박! 무지개 뜨고 날씨 완전 난리 났어! 다들, 이쪽으로 모여!"

새해 첫날에는 당연히 성산일출봉에 가야 할 것이다. 성산일출봉 정상에서 첫해를 보고자 하는 인파는 물론, 12월 31일에 열리는 송년의 밤 축제와 불꽃놀이 등에 참가하는 인파 때문에 말 그대로 인산인해를 이루는 곳이다.

한라산도 이날만큼은 입산 통제 시간이 풀린다. 한라산 정상에서 바라보는 새해(年)의 첫해(日). 수평선 너머에서 구름 위로 올라오는 해의 모습은 정말 장관이다. 수평선과 구름에 반사되어 빛이 번져가는 모습 역시 인생 최고의 명장면이자 추억이 될 것이다. 이 모습이 궁금하시다면 일출 시간에 맞춰서 비행기를 타고 제주도로 오시면 된다.

한라산 등반이냐, 성산일출봉이냐. 한라산을 오르면 하루를 보내야 하고 성산일출봉은 사람이 너무 많고…. 결국 다음으로 미루고 찾아간 곳이 바로 사계리 형제섬이다. 섬과 섬 사이로 올라오는 오메가가 보고 싶었기 때문이다. 그 날은 성공하지는 못했지만, 며칠 뒤 나의 첫 오메가 사진을 찍을 수 있었다.

일출을 보고 나서 간 곳은 서귀포 중문 색달 해변이다. 매년 1월 1일 펭귄 수영 대회가 열리는 곳. 난 참가자가 아닌 구경꾼으로서 그곳에 있었다. 출발 신호가 떨어지기 무섭게 다들 함성을 지르며 바다로 뛰어든다. 미쳤다. 왜 저런 짓을…. 보는 것만으로도 춥다.

그런데 사실 바닷물이 더 따뜻하다. 제주도의 해수면 온도는 따뜻하다. 새우와 흔히 많이 먹는 조개(가리비 등)는 자랄 수 없을 정도다. 그래서 요 녀석들은 대부분 육지에서 공급해온다.

그리고 육지에서 공급받는 물품 중 가장 중요한 것이 바로 쌀이다. 제주도는 쌀농사를 지을 수 없기 때문이다. 그런데 여행객들은 제주도로 여행을 와서는 "밥이 맛있다."고 한다.

쌀을 재배한다는 소문도 있지만, 정확히 내 눈으로 본 적이 없기에 한 번 찾아보는 재미로 남겨둬야 할 듯하다.

이야기를 되돌려, 해수면 온도는 물론 아침 기온 또한 육지에 비해 7~10도 이상 높다. 그래서 추운 것을 잘 느끼지 못하지만, 강한 똥(!) 바람이 불면 체감온도가 무지 떨어진다. 이 똥(!) 바람에 정신없는 계절이 바로 겨울이다. 머리 스타일을 포기해야 하는 계절이기도 하다.

바람이… 바람이 정말 '태풍급'으로 분다. 그래서 제주도민들은 육지를 다녀오면 이 똥 바람이 불지 않는 육지가 더욱 따뜻하다고 한다.

제주도민들이 육지를 여행할 때 제일 난관으로 여기고 긴장하는 코스가 고속도로의 하이패스 구간이다. 분명 바닥에 파란색으로 된 유도 라인이 있음에도 불구하고 이것이 무슨 뜻인지 몰라 하이패스 구간을 찾지 못하는 게 대부분이며, 제대로 찾더라도 '혹 내가 지나가는데 안전 바가 열리지는 않으면 어쩌지?', '돈은 어떻게 빠져나가는 거지?', '그냥 통행료 받는 안내원이 있는 길로 갈 것을…' 등등 다양한 생각을 한다고 한다. 게다가 잘못 빠져나와서 안내실을 찾아가는 일도 빈번하다고.

또 하나 바로 구간 단속이다. 도민들에게는 구간 단속이라는 개념 자체가 없어서 이 구간을 어떻게 지나가야 하는지 아에 모른다. 80㎞로 넘으면 안 되는 것인지, 처음부터 80㎞로 내달려 끝날 때까지 유지해야 하는 것인지, 그도 아니면 계속 달려야 하는 건지 알지 못한 채, 그냥 앞차만 따라갈 뿐이다. 왜? 제주도에서만 살다보니 고속도로를 이용하는 게 난생 처음이고, 구간 단속 또한 처음이기 때문이다.

여기에 제주도민이 당황할 법한 것을 하나 더하자면 높은 건물과 백화점일 것이다. 젊은 사람들을 제외하고는 먹고 살기에 급급했던 그 시절. 지금은 가고 싶어도 제대로 움직이지 않는 몸. 어르신들 중 육지로 여행을 다녀온 분들이 과연 얼마나 될까?

따뜻한 남쪽 나라 제주도. 바람만 불지 않으면 이 말은 분명 맞는 말이다. 바람이 불지 않는 따뜻한 겨울 왕국임에도 도민들은 패딩 조끼는 물론 롱 패딩까지 꺼내 입고 다닌다. 겨울이라 춥다고. 어떻게 보면 나도 조금씩 바뀌어 가고 있는 것인지도 모른다. 처음에는 별 생각 없이 지낸 겨울이었지만, 나도 어떻게든 가스비를 아끼려다 보니 제주도의 겨울이 추워지기 시작했기 때문이다. 지금까지는 멋 부린다고 내복을 입지 않았던 나도 12월 한라산에 첫눈이 내리면 꺼내 입기 시작해 들불축제가 끝나고 벚꽃 소식이 전해지는 4월, 즉 봄이 오고 나서야 벗어 던진다.

'방심하면 감기에 걸릴 수 있다. 이 모든 게 다 똥 바람 때문이다.'

벌써 봄이네! 이젠 내복을 벗어야지.

봄의 소식을 가장 먼저 알려주는 곳이 성산일출봉의 유채꽃밭….

일 것 같지만, 사실은 여행객들의 옷차림이 가장 먼저 봄소식을 전해준다.

겨우내 입고 있던 두꺼운 청바지에서 치마로 바꿔입고, 그동안 숨겨왔던 몸매를 제주도 여행이라는 핑계로 사람들에게 과시하기 시작한다. 그렇게 자랑하다 생각하지 못한 똥(!) 바람 때문에 하루 종일 떨고 다니는 여성들을 자주 목격한다. 그런데 이 치마의 길이는 여름으로 갈수록 점점 짧아지는 수축 효과를 가지고 있다. 즉 내가 좋아하는 계절의 시작인 것이다.

멋 내고 보여주기 위해 입었으니 당연히 곁눈질로 감상해줘야 할 것 아닌가?

'이쁘다. 이쁘다.'

속마음으로 그렇게 되뇌며 감상만 한다. 남자들은 다 그렇다. 나만 이러는 것이 아니다. 그래도 혹시나 눈이 마주치면 어색해질 수 있기에, 선글라스를 착용하지 않는 나지만 이번 여름에는 미리 하나 준비해둬야 할 듯하다. 좀 더 확실히 즐기기 위해서.

노란 유채꽃이 필 무렵 성산일출봉 일대는 여행객들의 차량들로 북적인다. 입장료를 받는 곳이 있고 받지 않는 곳도 있다. 당연한 말이지만 입장료를 받는 곳으로 들어가야 성산일출봉을 뒤로 하고 인생사진을 찍을 수 있다. 국내에서 유일하게 정원도 아닌 꽃밭에 돈을 내고 들어가는 체험을 할 수 있다. 돈을 받는 이유는 간단하다. 할머니들이 유채꽃을 직접 심고 관리하기 때문이다.

이곳을 시작으로 남쪽 산방산 일대와 서귀포에서 봄을 알리는 노란 소식이 전해진다.

봄, 봄, 봄이 왔답니다.

또 하나의 봄소식은 바로, '들불축제'.

제주도에는 수많은 축제가 있지만, 이 축제만큼은 꼭 보아야 한다. 모두가 추천하는 세계적인 축제. 매년 액운을 없애고 새로운 해에 좋은 일만 가득하기를 바라며 새별오름의 황금빛 억새를 불태우는 행사. 아니, 그냥 불을 지르는 축제다.

싸움구경과 함께 세상에서 가장 재미있는 구경이 무엇인가?

"불구경."

그렇다. 그 말이 맞다. 그리고 이 축제에서는 정말 큰 불을 구경할 수 있다. 본래는 각 마을에서 해오던 들불행사를 한곳으로 모으고 정월 대보름에 하던 것이지만, 점점 사람이 모이자 입춘이 다가오는 주 주말로 날짜를 옮기고 대대적인 축제로 만들었다고 한다. 그 결과 불을 이용해서 하는 세계적인 축제이자 제주도의 대표적인 축제가 되었다. 정말이지 새별오름에서 열리는 들불축제는 가슴에 불 지르기에 딱이다.

축제 기간 내내 다양한 볼거리와 먹거리로 심심하지 않은 축제이지만 하이라이트는 역시 억새에 불을 놓는 것이다. 짧고 굵게 타오르는데 쉬이 가시지 않는 아주 강한 여운을 남긴다.

그 뜨거운 열기와 강렬한 모습을 보기 위해 어마어마한 사람이 모인다. 이날 제일 고생하시는 분들은 주차 요원과 경찰, 그리고 소방관분들이다.

"덕분에 잘 보았습니다!"

들불축제의 강하고 부드러운 불을 가슴에 담았다면 본격적으로 제주도의 봄을 즐겨야 하는 시기이다. 한라산은 아직도 눈에 덮여 있는데, 해안 마을 인근은 유채꽃으로 노랗게 물들어 있어 겨울과 봄을 동시에 즐길 수 있는 재미난 계절이기도 하다. 날씨가 조금 추운 것 같은데 비가 내리고 있다면 1100고지에서는 눈이 내린다.

이때 급히 1100도로로 달려가 보면 도로 옆 나무들이 눈에 덮여 있는 모습을 볼 수가 있다.

오전에는 봄. 오후에는 겨울. 같은 날에 두 계절을 체험할 수 있는 것이다.

유채꽃 다음으로 찾아오는 것이 그 유명한 벚꽃. 사실 심는 시기가 조금씩 달라 유채꽃을 조금 더 오래 볼 수 있다. 봄이 되면 온 제주는 벚꽃으로 난리가 난다. 왕벚꽃으로 유명한 제주도. 손을 내밀면 닿을 듯한 새하얀 선분홍 꽃잎들. 높지 않은 나무와 바람에 흩날리는 꽃잎까지.

꽃비가 내리는 대표적인 곳이 바로 전농로이다. 도로에 진입하는 차량을 통제하기에 마음껏 즐길 수 있다. 먹거리 또한 다양해서 돈만 가지고 가면 된다.

여자친구 머리 위에 살포시 내려 앉아 있는 꽃잎이 여자친구를 더욱 예뻐 보이게 만드는 계절이자 감성의 계절인 것이다.

여기서 여자들의 공통된 행동 하나.

"제발 꽃가지 꺾어서 귀 옆에 걸지 좀 맙시다!"

그렇게 전농로에서 신나게 놀고 즐기셨다면 이번에는 가시리의 유채꽃 축제에 방문해보는 것을 추천한다. 넓고 넓은 들판에 유채꽃이 엄청나게 피어 있다.

"나 잡아봐라~!" 하고 하루종일 뛰어다녀도 못 뛰어다닐 정도의 넓은 규모. 분명 조금 뛰다 풍력 발전기 밑에 앉아 쉬고 있을 것이다. 그리고 시기를 잘 맞추면 유채꽃과 벚꽃을 동시에 만나볼 수 있다.

하지만 난 이 멋진 풍경을 두 번이나 놓쳤다. 한 번은 유채가 덜 피었고, 또 한 번은 비바람에 벚꽃이 다 떨어져 너무 아쉬웠다. 회사에 월차를 내고 가고 싶었지만 그렇게 했다간 뒤끝이 작렬할 것 같아 말도 못하고(사실 입으로 "오늘 날씨 대박인데 가시리 가면 예쁠 텐데… 오늘이 딱인데!" 이렇게 노래를 부르고 다녔는데 아쉽게도 통하지 않았다).

드디어 주말. 아쉽다. 이번에도 망했다. 흐림과 비로.

그래서 또 다음 해에 도전하기로 했다. 일 년 뒤에는 볼 수 있다는 기대와 설렘을 남겨두는 것이다. 내가 정말 바라는 것은 구름이 열리는 날 파란 하늘 아래 벚꽃 잎이 날리는 유채꽃길을 차가 없을 때 걸어 보는 것이다.

느낌이 좋은 관계로 다음에는 반드시 성공할 것이라 본다. 아름다운 꽃길을 바라볼 수 있는 나만의 오름도 벌써 찾아 두었다. 오름에서 하루 종일 그 길을 감상할 생각이다. 상상만 해도 설렌다. 자연 풍경이 이렇게까지 사람의 마음을 사로잡는 곳은 아마도 제주도뿐일 것이다.

　제주도가 자랑하는 또 하나의 명소는 시와 가까운 중산간에 위치해 있다. 이곳은 또 다른 모습과 풍경을 보여준다.

　오라동 유채꽃 축제가 열리는 곳. 넓은 유채 언덕에서 내려다보면 제주시와 오가는 비행기를 한눈에 바라볼 수 있다. 이곳은 유채가 지고 나면 청보리라는 옷으로 다시 갈아입는다.

　제주도에서 청보리라 하면 아마도 가파도 청보리 축제가 제일 유명할 것이다. 넓은 들판 사잇길로 자전거를 타며 즐길 수 있는 낭만과 여유. 눈앞에 펼쳐진 청보리밭과 바다, 거기에 송악산과 한라산까지 어우러진 전경은 사람을 유혹하는 무언가가 있다. 정말이지, 더 이상 말이 필요 없다.

　5월이 되면 이곳은 청보리밭이 아닌 황금 들녘으로 변해 또 다른 모습을 보여준다. 화장실이 부족해 조금 불편할 수 있으니 선착장에서 미리 해결하고 여유롭게 돌아봐야 할 것이다. 그러지 않으면 돌발 상황이 생겨 어쩔 수 없이 보리밭으로 몰래 숨어 들어가 숨바꼭질(!)을 해야 할 수도 있다. 9월이 오면 가을 꽃잔치를 위해 심은 해바라기가 이곳을 다시 화려하게 물들인다.

봄.

제주도에서 가볼 만한 장소를 몇 곳 추천한다면 가파도 청보리, 전농로 왕벚꽃, 함석 서우봉, 가시리 유채꽃 축제, 오라동 청보리 축제, 성산일출봉 유채꽃밭, 산방산 유채꽃밭이다.

함덕 해수욕장과 서우봉 팔각정 뒤로 자그마한 유채꽃밭이 조성되어 있는데, 가을에는 이곳에 코스모스가 잔뜩 펴서 가을 향기를 마음껏 즐길 수가 있다. 함덕 해수욕장의 바다를 배경으로 삼아 바라보면 에메랄드빛 바다와 푸른 하늘, 그리고 코스모스가 너무 조화롭고 아름다워서 탄성을 터트릴 수밖에 없는 곳이다.

이 풍경을 보고 아무 말도 하지 않은 사람은 본 적이 없다. 만약 아무 말도 하지 않고 뒤돌아서는 사람이 있다면 그런 사람과 친해지지 마시기를. 그 사람은 감수성이 제로일 게 분명하다.

이렇게 돌아다니다 보면 어느새 한 달이 금방 가버린다. 오름을 올라갈 시간조차 없다. 그만큼 제주도의 봄은 이곳에 살고 있는 나조차도 꽃 보러 다니기에 바쁜 계절이다. 짧은 치마를 입고 돌아다니는 꽃은 물론 유채와 매화, 벚꽃, 수국까지. 제주도의 봄은 그야말로 꽃들의 세상이다(수국은 동쪽 성산 종달리 일대의 해안도로가 제일이다. 가까운 주차장이 없지만, 갓길 주차하지 말고 조금 걷는 것을 추천한다).

아쉬운 것은 이 모든 것이 이제야 눈에 들어온다는 것이다. 의미 없이 보낸 그 시간이 너무 아까울 뿐. 하지만 아쉬워할 때가 아니다.

왜 이렇게 주말이 기대되고 주말이 바빠졌는가? 그 이유는 단 하나뿐이다.

"여기, 제주도."

서서히 캠핑의 계절이 돌아온다. 자주 가던 김녕 캠핑장의 잔디가 얼른 초록색으로 바뀌기를…. 초록빛 잔디가 나의 캠핑이 시작되는 시기임을 알려준다.

한담 해변도 좋지만, 나는 텐트에서 편히 누워 바라보는 김녕 앞바다가 제일이라고 생각한다. 캠핑하며 바다를 볼 때만큼은 이곳이 최고의 장소라고 나는 개인적으로 평가한다.

이렇게 꽃놀이, 꽃구경, 캠핑을 준비하다 보면 제주도가 깨어나는 계절이자 고사리 철이 다가온다. 꼭두새벽인 3~4시. 이 시간이야말로 모두가 기다리던, 특히 동네 어르신들이 기다리던 시간이다. 소일 겸 용돈 벌이의 시간.

이때가 되면 새벽도로는 말 그대로 난리법석이다. 70㎞ 도로에서 40㎞로 달린다. 제일 선두 차량의 운전자가 할머니이시기 때문이다. 챙이 넓은 손녀의 모자를 쓰고 토시까지 착용한 완전무장 상태로 어두운 밤을 헤쳐 자기만의 아지트에 고사리를 따러 가시는 것이다. 서툰 운전 실력이 딱 봐도 어디 가시는지 말해주는 듯하다. 무조건 앞만 보고 가신다.

"할머니! 고사리 따러 가시는 것 아는데 뒤도 좀 봐주세요! 새벽부터 도로가 이게 뭐냐고요!"

해가 뜨기도 전에 사람들은 숲 속으로 숨어버린다. 이 시기 중산간 도로를 새벽에 달려보면 고사리 따러온 어르신들의 차량이 쭉 주차되어 있는 걸 볼 수 있다. 가끔 문을 열고 내리는 사람이나 숲 속에서 휙 뛰쳐나오는 어르신이 계시니 조심조심 운전해야 한다.

고사리 철이 언제인지 궁금하시다면 중산간을 다녀보라. 그러면 간간히 이런 글귀가 적힌 현수막을 볼 수 있다.

"길 잃음 주의. 깊게 들어가지 마세요."

제주도에서 자라는 고사리는 육지 것과는 확실히 다르다. 입맛 까다로운 내가 한 번 먹어보고 반해 버렸을 정도. 야들야들하고 부드러운 식감에, 육지 것과 달리 고사리 심이 없기 때문에 목에 걸리는 느낌도 전혀 없다.

고사리 철이 되면 어김없이 어머니로부터 전화가 온다.

"제주도 고사리가 맛있는데."

나보고 고사리를 직접 따서 택배를 통해 집으로 보내라는 말씀이다. 마트나 시장에서 사지 말고 직접 나보고 따라는 말씀이지만, 난 여태까지 어머니의 부탁을 한 번도 수행하지 못했다. 고사리 따는 것을 별로 좋아하지 않기 때문이다(고사리를 아버지 제사상에 올리기 위해 부탁하시는 것이란 사실, 알고 있답니다. 다음에는 꼭 직접 따서 보내드릴게요).

이렇게 고사리 철이 지나고 나면 또 다른 꽃이 올라온다. 바로 철쭉과 수국이다.

철쭉은 제주도 봄의 마지막을 장식하는 꽃이고, 수국은 제주도에 여름이 왔음을 알리는 신호탄이다.

6월 한라산 영실 코스에는 철쭉이 만개한다. 겨울 내내 눈 속에 묻혀 얼어 있던 철쭉과 구상나무도 본래의 모습(!)으로 되돌아오고, 만년설 같았던 한라산 정상의 눈이 녹으며 초록색의 새싹 옷을 입는 계절이다. 그 녹색의 넓은 녹색 바다 사이사이 수줍게 핀 철쭉들이 보인다.

겨울 왕국도 좋지만 영실 코스를 등반하다보면 이때가 제일 예쁘지 않나 생각한다. 한라산의 능선과 작은 오름들의 모습. 탁 트인 풍경. 바다. 모든 게 한눈에 들어와 가슴 속에 남겨둔 응어리를 뱉어내고 가슴이 확 뚫리는 듯한 느낌을 가져다준다.

다만 이 시기에는 무조건 새벽에 일찍 찾아가야 한다. 조금만 늦게 도착해도 주차장이 있는 매표소에는 진입도 하지 못해 갓길에 차를 세운 뒤 오르막을 걸어가야만 하기 때문이다. 마침 이때가 철쭉 축제 기간이기도 해서 좋은 풍경을 편히 보려면 빠르게 움직여야 한다.

한라산 등반도 좋지만 힘들다. 거짓말이 아니고 정말 힘들다. 나이도 자꾸 먹어가고 고장 난 무릎이 100% 성능을 발휘하지 못하기에 난 한라산이 아닌 윗세오름으로 대리만족을 해야만 한다.

그렇게 철쭉을 즐기고 나면 수국의 달이 찾아온다. 제주도의 전 지역이 수국으로 덮여 가는 것이다. 아마 가장 이른 곳이 안덕면 사무소 앞 버스 정류장. 이곳을 시작으로 해서 송악산 둘레길, 위미리, 끝으로 종달리 해안도로 일대까지 퍼진다.

그렇게 수국을 즐기는 6월의 끝자락이 지나면 어느새 초여름이 찾아온다. 날씨가 적당하면 난 자전거를 타고, 아니 자전거를 멋 내기 위한 하나의 소품으로 우도에 짬뽕을 먹으러 가기도 한다. 오전에는 마라도에서 짜장면을 먹고 오후에는 우도에서 자전거를 타며 짬뽕 먹기. 그리고 캠핑의 성지인 비양도에서 캠핑을 한다. 비양도 연대에서 바라보는 노을은 잊을 수 없는 빛을 내게 선사해주었다.

또 다시 기다려진다.
태풍과 엉또폭포.
작년에 제대로 맛보지 못한 태풍을 맛보고 엉또폭포가 터지는 순간을 만끽하고 싶었다. 가슴속에 맺혀 있는 그 무언가를 한 방에 날려 버릴 그 광경을 말이다.

　협재 해수욕장 백사장의 비키니를 입은 여자들을 보는 대신 폭우가 쏟아지는 날 산 속에서 폭포가 터지길 기다리며 하늘만 바라보는 내 모습이 마치 비에 젖어 갈 곳 잃은 똥강아지처럼 보이겠지만, 실은 자연이 주는 천연 화장품인 비와 안개를 얼굴에 바르는 중이다(정말 촉촉해진다). 남들과 다른 이런 내 모습이 더 좋은 건 어쩔 수 없는 것 같다.

　그런데 나의 이 모든 모습을 옆에서 어이가 없다는 듯 지켜보고 있는 한 사람. 꽃무늬 원피스에 똥머리를 하고 있는 아이. 예쁘다! 다음에 또 보게 되면 그때는 인연으로 알고 내가 먼저 다가가는 것도 좋지 않을까?

　보고 싶은 장면도 보고, 예쁜 아이도 보고, 쓸데없는 이상한 상상도 하며 뒤돌아선다. 그리고 눈이 마주친 그 아이에게 웃음 화살 한 번 날려주기.

　제주도를 돌아다니다보면 논지물, 예래물 등 마을 이름에 무슨 물(?)이 들어가는 곳이 참 많다. 이 물이란 단어가 섬마을 제주의 시작점이라고 할 수 있다. 옛날 해안가에 인접한 마을은 물을 구하기가 힘들었고, 결국 찾은 것이 용천수이다. 한라산의 물이 바다로 흘러가지 않고 땅에서 솟아오르는 용천수 주위로 마을이 형성되었다. 그래서 제주도에서 마을 이름에 붙은 '물'은 물이 나오는 마을, 즉 용천수가 있는 마을이란 뜻이다.

가끔 해안 마을을 돌아다니다 보면 마을 입구에 샤워장이 마련되어 있는 곳이 있다. 조금은 의아할 텐데, 이곳이 바로 용천수가 나오는 곳이다. 옛날엔 이 물이 바로 마을 주민의 식수였다. 지금은 샤워장으로 바뀌 마을에서 운영하고 있으며 샤워비로 1,000원을 받는다. 물의 온도가 정말 냉장고에서 막 꺼낸 물 같다. 무더운 여름에 놀기 안성맞춤이다. 재미 삼아 가보는 것도 좋다. 시설이 조금씩 다르기는 하지만, 보통은 벽(돌담) 하나를 가운데 두고 남자와 여자가 이용할 수 있는 곳이 갈라져 있으며 가만히 엿들어보면 옆에서 씻는 소리를 전부 들을 수 있다. 심지어는 높은 곳에서 바라보면 안이 훤히 다 보이는 곳도 있다. 항상 어르신들이 계시니 가급적 인사를 하고 들어가기 바란다.

'만약 스노클링 장비를 착용하고 들어가면 어떻게 될까?'라는 생각을 한 적이 있다. 그리고 도출된 대답은 '아마도 욕 엄청 듣겠지.'였다.

제주의 여름은 어느 곳을 가도 사람이 바글바글하다. 성수기 시작되는 이 시기, 제주도는 사람 맞을 준비를 한다. 해수욕장, 펜션, 렌터카, 여행지 등 모든 곳에 있는 사람들이 분주하게 움직인다.

여름의 제주는 습기만 없다면 아마 최고의 휴양지일 것이다. 어느 곳을 가도 탄성을 자아내게 만드는 곳곳이기 때문이다. 게다가 바다의 색이 가장 예쁜 시기도 여름이다. 해수욕장도 좋지만 요즘 유행하는 스노클링과 스킨스쿠버를 제주도에 와서 하시는 분들이 많아졌다.

그만큼 제주의 바다는 사람을 유혹하는 바다이다.

이처럼 제주도의 바다는 매력적이고 바라만보고 있어도 멀쩡한 사람까지 멍 때리게 만들어 버리는 곳이다.

이런 제주도의 바다가 내면에 또 어떤 신비감을 가지고 있을까?

선녀탕!(황우지해안)

이곳이 어떻게 보면 대표적인 장소이다.

한적했던 예전에는 숨은 비경 중 한 곳으로 물어물어 어렵게 찾아가 조용히 즐길 수 있는 공간이었지만, 지금은 아이부터 어른까지 모두가 찾는 곳이다. 입구에는 구명조끼며 튜브, 간단한 먹거리를 파는 음식점까지 있다. 그만큼 사람이 많이 찾는 곳이다. 탕에는 안전요원까지 배치되어 있기에 마음껏 즐길 수 있다. 선녀탕을 내려가는 계단 입구에서 탕을 바라보면 마치 단체 여행객이 가족탕에서 놀고 있는 것 같은 느낌을 받는다.

만약 선녀탕처럼 사람이 많은 곳이 싫다면 상대적으로 조용한 곳을 찾으면 된다. 그래도 가급적이면 마을 공동 어장은 피해야 한다. 바다에서 보았을 때 마을이 보이지 않는 아주 한적한 곳이 좋다. 다만, 잘못 들어갔다가는 해녀 할망에게 엄청 혼날 수 있다는 것을 명심하시기를. 막 혼내시는데 알아들을 수 있는 건 딱 한마디와 손짓뿐.

"나옵서."

물에서 나오라는 말이다.

마을과 마을의 경계 지점에서는 스노클링을 마음껏 즐기셔도 될 듯하다. 만약 즐기다가 할망에게 또 혼나면 '여긴 아니구나!' 하면서 다른 곳으로 이동하면 된다. 죄송하지만 나만의 장소는 비밀로 하겠다. 나도 좀 더 즐겨야하기에. 작년에 젊은 아가씨가 비키니 입고 스노클링을 하고 있었는데 그 아가씨 올해도 또 오시려나?

나도 장비 다 샀는데(실은 해수욕장에서 주웠다).

그런데 제발 소천지 안에서는 하지 맙시다.

백두산 천지를 닮았다하여 소천지라는 이름이 붙은 곳. 하늘이 열리고 물때가 맞으면 소천지 안에 나타난 한라산의 반영을 찍을 수 있다. 몇 번이나 도전을 해보았지만 쉽게 허락해주지 않았다.

그날은 비키니 아가씨 덕분에 실패했다. 혼자 물속에서 잘 놀고 있는데 나오라고 할 수도 없고…. 게다가 그쪽이 먼저 와서 물놀이를 하고 있었기에 그냥 포기하기로 했다.

사진 찍는데 비키니 입고 물장구치며 왔다 갔다 하는 그녀! 이 상황에서도 그녀의 모습이 나오지 않도록 소천지의 사진을 찍으려고 하는 내가 이상한 것인가? 아니면 계속 물장구치며 노는 그녀가 이상한 것인가? 그리고 빤히 쳐다보는 이유는 무얼까? 눈을 마주쳤는데 난 시선을 어디에 두어야 하는 것이지? 확! 돌멩이 던지고 도망갈까 보다. 그런데 이상한 이 느낌은 뭐지? 엉또폭포에서 본 그 똥머리 아이랑 많이 닮았다. 뭐, 다른 사람이겠지….

우리에게 바다는 휴양처이자 휴식처이지만, 바다를 안고 살아가시는 분들에게는 삶의 터전이다. 그분들은 굽은 허리 때문에 제대로 움직일 수 없는 몸임에도 매일 바다에 나가 거친 파도를 이겨내며 물속에서 소라며 해삼 멍게 등을 잡다가 팔아서 하루하루를 살아가신다. 이게 해녀 할망분들의 거친 삶인 것이다. 이제는 쉬셔도 될 듯한데 오늘도 변함없이 강한 바람과 거센 파도와 싸우며 물질을 하고 계신다.

이런 해녀 할망분들의 삶의 터전에 들어갔으니 혼날 수밖에. 육지에서든 제주도에서든 전복이나 소라를 따서 물 밖으로 나오면 욕을 엄청 듣는

다. 몇 번의 경험을 통해 물속에 들어가는 사람들에 대한 할망분들의 경계심에도 단계가 있다는 걸 알았다. 우선 긴바지를 무릎까지 걷고 들어가면 해녀 할망분들은 그렇게 경계수위를 높이지 않는다. 그저 '발 담그러 왔구나!'라고 생각하실 뿐. 그런데 반바지로 물속에 들어가면 경계모드로 바뀐다. 그리고 '저 자식 뭐지?'라는 생각으로 시선을 고정시키신다. 그런데 만약 그 사람이 수경을 들고 있다면 경계 모드에서 끝나지 않고 앉아 계시던 할망이 벌떡 일어나 눈을 부릅뜨고 노려보기 시작하신다. 그 상태에서 수경을 끼고 물속에 머리를 처박는 그 순간 바로 "나옵서!"라는 고함 소리와 함께 호루라기 소리가 울려 퍼진다.

그래서 내가 생각해 낸 방법이 하나 있다. 바로 물속에서 먹고 나오는 것이다. 아무 일 없었다는 듯. 그저 입만 오물오물한다.

"저 새끼, 분명 무얼 먹는다…"

물속에서 무슨 짓을 했는지는 나만 안다(자연산 뿔소라와 전복).

육지에 홀로 계신 여든에 가까운 우리 어머니도 젊고 젊은 시절 외할머니와 함께 해녀 일을 하셨기에 할망들의 모습을 보면 항상 기분이 짠하다. 어떻게 저렇게 거센 파도에 들어가시는지. 얼마나 추우실지. 힘이 들지는 않으실지…. 숨비소리가 그 대답을 대신해 주는 듯하다.

눈치 볼 일 없는 곳, 우도 서빈백사에서의 스노클링은 어떨까?

성수기 때 우도는 사람들로 바글바글하다. 차량과 자전거 오토바이까지 서로 엉켜버리는 일이 허다했다. 검멀레 해변이 대표적인 장소로 차량의 통행이 어려울 때는 가끔 파출소에서 나와 때 아닌 교통정리를 시작한다. 거기에 차량을 이동하라는 안내 방송까지…. 평소에는 생각하지도 못했던 일이 우도에 일어나는 것이다.

우도에서 교통정리라니! 아마 경찰분들도 어이가 없으셨을 듯하다.

예전에 거제도 저구항에서 배를 타고 소매물도를 간 적이 있다.

통영항과 저구항 두 곳에서 출발한 배가 소매물도라는 작은 섬에 사람을 토해내기 시작하는데, 그 행렬이 끝이 없다. 오죽하면 그곳에 계신 분이 우스갯소리로 이런 말씀을 하시겠는가.

"이러다 소매물도 물속에 잠긴다!"

우도도 그 정도이다. 아니, 더 심각하다. 오가는 유람선은 사람과 차량을 내려놓기… 아니 토해내기 바빴던 것이다. 몇 번이고 싣고 날라야만 하기 때문에. 그래서 나온 대안이 하나 있다. 우도의 자연환경 보전을 위해 렌터카 진입을 막은 것이다.

물론 예외는 있다. 아이가 있거나 어르신이 계신 경우로 노약자 배려 차원에서 렌터카 선적이 가능하다. 이들은 렌터카를 이용해 우도를 여유롭게 즐길 수 있다. 난 도민이기에 아무 상관이 없다. 그 점을 한껏 활용할 수 있고, 동시에 주민 할인까지 받을 수 있다.

우도에 가면 내가 꼭 들르는 곳이 있다. 처음 제주도에 내려와서 텐트를 쳤던 곳. 돌칸이해변에서 바라보는 우도봉과 성산일출봉. 그리고 그 뒤에 우뚝 서 있는 한라산까지. 검멀레 해변도 좋지만 여기가 내게는 더 친숙한 장소가 되어버린 것이다.

그래도 내가 내려오기 전, 우도가 섬 속의 섬이라는 이름이 붙어 여행지가 되기 전부터 이곳을 지켜온 마을 분들의 안녕을 최우선으로 해야 하지 않을까? 그래서 나는 여기에 오면 늘 조심하고 최대한 조용하게 다닌다. 혹 주민들과 눈을 마주치면 가벼운 목례로 인사하면서 말이다.

'우도라는 곳을 평생을 바쳐 예쁘게 잘 지켜주셔서 고맙습니다.'

섬 속의 섬에서 바쁘지도 않고 평화롭게 뱃일과 밭일(우도 땅콩), 물질을 하며 삶을 지켜온 분들과 우리 육지 사람들이 함께 공존하는 섬이 바로 우도, 그리고 제주도인 것이다.

기억해둬야 할 게 있다. 제주도에 내려와서 땅 사고, 집 짓고, 캠핑카까지 끌면서 부족함 없이 살아가더라도 이곳의 원래 주민들에게 있어 우리는 여전히 이방인이라는 것을.

'제주도에서 살아가는 도시인'이라는 것을 티 내고 살지 말자. 그러니 "육지 것", "육지 놈들은 안 돼!"라는 말을 듣지….

좁은 해안도로와 조용한 골목길에서 굉음을 울리며 지나가는 바이크 족. 물론 부와 명예를 얻고 나서 제주도에 내려왔기에 이제 즐기고 싶은 마음이 드는 건 이해하지만, 즐겨도 너무 즐기는 것 아닌지.

제발 때와 장소는 가릴 줄 아셨으면.

이런 곳에서는 조금 자제를 해주셨으면.

강아지가 짖으면 어느 집 강아지인지 알 수 있을 정도로 조용한 마을과 오토바이가 내는 굉음은 어울리지 않는다는 것을 알아주셨으면.

오토바이가 내고 있는 그 굉음이 이분들에게는 그날의 총격 소리로 들릴 수도 있다는 것을 아셨으면.

그때 그날. 알뜨르 비행장에 만들어진 수많은 비행기 격납고와 바로 옆에 서 있는 섯알오름. 그리고 4월 3일의 흔적과 추모비를….

제주도의 160여 개 마을이 불길에 휩싸인 날. 세계 자연유산 도시가 불길에 휩싸인 그 날을.

사라진 마을. 사라진 형제들. 부모. 자식. 모든 것을 잃어버린 날.

제주도가 용암이 아니라 인재로 인해 연기로 가득 찼던 날.

살기 위해 도망쳐야 했고 살아남기 위해 숨어야만 했던 그날.

아직 이분들에게는 누구에게도 말할 수는 없는 가슴 속 상처가 남아있다는 것을 알아주었으면 한다.

또한 잊지 않았으면 한다. 당신들이 즐기기 위해서 하는 행동이 마을 주민들과 연로한 어르신들이 인상을 찌푸릴 수밖에 없는 것이란 것을. 그리고 이분들이야말로 제주도를 여태까지 지켜오신 분들이라는 것을. 이분들이 계셨기에 우리가 지금 이렇게 낭만과 여유를 즐길 수 있다는 사실을.

그러니 그분들께 감사를 표하고 자신의 행동을 뉘우치길 바란다.

굉음을 내는 요란한 오토바이는 해안도로나 한적한 시골 마을이 아닌 다른 곳, 예를 들어 평화로에서만 즐기시는 것은 어떨까? 그곳에서 질주하는 모습이 더욱 멋져 보이던데.

그런데 노랫소리를 최대한 높이고 질주하는 사람들은 도대체 왜 그러는 건지⋯. 헬멧을 썼는데 음악 소리가 들리기는 하는 건가? 오토바이의 배기음도 큰데 거기다 음악까지⋯. 도대체 왜?

신제주와 모슬포를 연결하는 직통 도로. 작년, 여기에 재미난 게 설치되었다. 바로 구간 단속 카메라다. 조금은 어이가 없다.

'여기 사람들은 바쁜 일이 그렇게 많지 않고 속도를 즐기는 사람도 별로 없을 텐데 웬 구간 단속? 그것도 섬마을에?'

이렇게 생각하는 분도 계시겠지만, 이곳은 카메라가 생기기 전까지 제주도에서 유일하게 속도를 낼 수 있는 왕복 4차선의 직선도로였다. 그래서 일반 차량이고 렌터카고 할 것 없이 밟아댔다. 그러니 이렇게까지 된 것일지도. 누구의 잘못이라 콕 집어 말할 수는 없다.

다른 한 곳이 중산간에 위치한 제2산록도로다. 여기도 고맙게도 구간 단속 카메라가 생겼다.

나도 여기서 과속을 많이 하고 다녔기에 할 말은 없지만, 이 일을 기점으로 삼아 육지에서 내가 가지고 온 급한 성격과 급한 습관을 버리기로 했다.

이곳에서 내게 필요한, 내 차에 필요한 옵션이 하나 있다. 바로 크루즈 기능. 액셀러레이터를 밟지 않아도 버튼만 누르면 일정한 속도를 유지하며 달리는 기능. 하지만 아쉽게도 15년이 넘은 내 차에는 이 기능이 없다. 정비사이기에 충분히 개조가 가능하지만 모든 게 귀찮아졌기에 만지지 않고 있다.

그런 쓸데없는 짓을 내가 왜 해? 그럴 시간도 없고, 애초에 천천히 가면 될 것을.

그러고 보면 나도 무지하게 돌아다닌다.

예전에 여행 왔을 때처럼 동, 서, 남, 북, 해안도로, 중산간 가리지 않고 돌아다닌다. 가만히 앉아 있지 못하고 주말마다 제주도 구석구석을 누비고 다니는 것을 보면, 역마살이라는 말이 나에게 해당하는 말이 아닐까!

제주도에 있는 어지간한 곳은 다 가봐서인지 대충 사진만 봐도 "어? 여기 어디네? 여기는 어느 계절이 좋은데." 할 정도다. 그래서인지 회사 형님들이 가끔 내게 물어보는 일이 있다.

"주말에 애들이랑 놀러가려고 하는데 어디로 가면 좋겠냐?"

제주도의 모든 축제 일정을 비롯해 특정 계절에 가면 좋은 곳을 많이 알고 있기에 "이번 주는 여기.", "이 계절에는 이곳." 이런 식으로 답하고, 그러다 정말 갈 곳이 없으면 이렇게 답한다.

"그냥 애들이랑 해안도로로 한 바퀴 돌아봐요."

서쪽 해안도로를 달리다보면 남방큰돌고래 친구들을 만날 수 있다. 반대쪽인 동쪽으로 갈 경우에는 세화리와 김녕 인근에서 만날 수 있고, 운이 좋으면 공항 인근인 용담 해안도로에서도 볼 수 있다고.

육지에서 넘어온 내가 제주도 주민들에게 길을 가르쳐주거나 여행 장소를 추천해주는 일이 허다하다. 내가 워낙 많이 돌아다니고 사진을 좋아하는 녀석이라는 걸 안 회사 큰 형의 부인이 사진을 한 장 보여주며 물었다.

"재모 씨. 여기 양옆으로 동백나무가 길게 펼쳐져 있는 오솔길 말인데, 혹시 여기가 어딘지 알아?"

"형수님. 여기는 신흥리에 있는 목장이에요."

그러자 형수님이 되묻는다.

"신흥리는 또 어디야?"

"남원 아시죠? 아, 큰 형은 아시겠네요. 한반도 모형 있는 곳."

전혀 모르는 눈치다. 제주도에 살면서 왜 제주도 곳곳에 숨은 비경을 한 번도 가보지 않았던 거지? 너무 멀어서인가? 나에게는 그것이 더 놀라운 사실이다.

"형수님. 그냥 다음 주말에 저랑 데이트해요. 그렇지 않아도 그곳에서 사진 찍을 모델이 한 명 필요했거든요. 형수님이 딱! 형님! 그래도 되죠?"

"그래라. 우리 마누라 좀 데리고 가서 좋은데 구경 좀 시켜줘라."

이러던 중 받게 된 또 한 장의 사진.

여긴 어딜까? 사진을 보는 순간 모든 게 멈춘 듯한 느낌. 온 몸에 전해 지는 짜릿한 그 맛. 그 느낌. 일명 닭살이 올랐으나 회사에 있는 모두가 모르는 곳이다.

이끼 낀 바위와 계단. 계단을 올라 문을 지나면 또 다른 신비의 세상이 나올 것 같은 느낌. 이 사진 한 장에 난 완전히 빠져 버렸다.

사진 속의 장소를 찾기 위해 몇 주를 돌아다녔다.

숲 속에 있는 계단과 이끼 낀 바위만 보고 '중산간에 있는 곳이리라!' 짐 작하고는 몇 주를 그렇게 헤매고 다녀야만 했다.

가보지 않았던 오솔길과 햇빛이 들지 않는 곳을 중점으로 찾아다녔지 만 찾지는 못했다. 결국 사진 속의 그 장소를 찾기 위해 사람들에게 묻고 또 물어야만 했다. 고작 자취방에서 20분 거리에 있는 곳을 찾는다고 난 그렇게 돌고 돌았던 것이다.

내가 쉽게 얻으려고 하는 성격이 아니기는 하지만, 이번에도 쓸데없이 고집을 부리다 아까운 시간만 한참 소비해버렸다.

작은 암자 옆의 숲길을 걷다보면 나타나는 냇가.

자연이 만들어준 풍경들. 도대체 우리가 모르는 자연의 신비가 얼마나 많을지 궁금할 정도다.

그곳은 사진에서 봤던 느낌 그대로였다. 이끼 핀 돌계단에 한 발 한 발 내딛는 것이 마치 "똑! 똑! 저, 그곳에 들어가도 되죠?" 하고 의식을 치르는 것 같았다.

조심스레 계단을 오르다 보면 무언가 나올 것만 같은, 마치 천사나 요정이 살고 있을 것 같은 곳. 멀리서 들려오는 물소리와 새소리까지 더해져 사진으로 볼 때 상상했던 것 이상의 감동을 내게 선사했다.

이곳이 바로 지금은 너무나 유명해져 버린, 검색만 하면 바로 나오는 일명 비밀의 숲, 다른 말로 천사의 숲이다.

햇볕이 거의 들어오지 않는 곳. 사람의 손때를 타면 안 될 것 같은 비밀의 공간. 왜 그런 별명이 붙게 되었는지 그 이유를 알게 되었다. 그리고 제발 여기만큼은 훼손되지 않기를 바랐지만 아쉽게도 얼마 지나지 않아 여기도 다른 곳처럼 사람들의 손에 의해 훼손되고 말았다.

그냥 눈으로 보고 즐기면 안 될까? 왜 올라가고 만지고 나뭇가지 꺾어버리고 그러는지…. 정말 이해가 되질 않는다.

"이노무 시키들을 확 그냥…!"

이런 사람들은 자신이 가지를 꺾은 나무에 꽁꽁 묶어두거나 하루 정도 나무에 매달아 놓아야 정신을 차릴 듯하다. 그러면 아마 달팽이가 친구 하자고 놀러 오지 않을까?

천사의 숲, 비밀의 숲이지만 가만히 들여다 보면 달팽이 마을이자 달팽이 천국이다. 지금까지 이렇게 많은 달팽이 친구들을 본 적이 없었다. 느리지만 그냥 자기의 본 모습대로 살아가는 그 모습. 거기에는 누구의 시선이든 관심 없다는 뜻이 숨어 있는 것 같았다.

'그냥 있는 그대로 봐주면 안 되니? 그게 그렇게도 힘든 거니?'

다시 찾았을 때는 여기저기 훼손된 자국과 온갖 쓰레기들로 난장판이었다. 정말 너무하다는 생각만 들었다. 이러다가 여기 소유주가 무분별한 훼손과 쓰레기 투기를 이유로 다른 명소들처럼 폐쇄해버리면 어쩌려고 이러는 건지(제주도의 숨은 비경은 사유지인 경우가 많으니 지킬 것은 좀 지켜줬으면 한다).

이곳에서만큼은 사람들이 매너를 꼭 지켜주길 바랐다. 이유는 내 가슴 속에 남아 있는 단 한 사람, 그리운 그 사람과 함께 여기에 오고 싶었기 때문이다.

이렇게 누군가에게는 자신만의 소중한 비밀장소이지만, 또 다른 누군가에게는 그저 인증샷을 찍는 장소가 되는 것이다. 그런데 사진을 찍으러 왔으면 사진만 찍고 갔으면 좋겠다. 아무도 없다고 나쁜 짓 하지 말고. 쓰레기 더미 속에 보이는 사랑의 흔적. 이 성스러운 곳에서 콘돔이 나오는 게(그냥 보였다. 절대 뒤진 게 아니다) 말이 되냐고….

가끔 오름 정상에서 출몰하기도 하던데….

사람의 성욕이 동물보다 강하다고 듣긴 했지만 이 정도로 강할 줄이야! 사랑을 많이 나눠서 그런 건가? 제주도의 좋은 기운 때문? 혹은 주체할 수 없는 사랑의 힘? 그도 아니면 좋아서 어쩔 수 없어 그런 건가? 나도 그랬나?

커플들의 표정을 보면 참 행복해 보인다. 간밤에 무슨 일이 있었던 것일까? 과연 손만 잡고 잤을까? 연인과 여행을 와서 손만 잡고 자는 인간이 얼마나 될까?

바보가 아니고서는 말이다.

내 마음이 바뀌어 가는 것일까?

이 모든 게 전부 따뜻하고 행복하게 느껴지는 이유는 무엇일까?

혼자라는 외로움을 가슴에 숨겨둔 채 눈앞에 보이는 행복을 느끼고 부러워하고 있었는데, 어느새 그런 것들을 보며 따뜻함을 느낄 정도로 나에게 변화가 있다는 것을 깨달았다. 그 변화가 언제부터 시작됐는지는 모른다. 하지만 내가 짊어지고 있던 것을 하나씩 하나씩 내려놓고 있다는 것, 그럼으로써 나의 마음이 가벼워지고 있다는 것만큼은 알 수 있었다.

모든 건 나로 인해 시작된 것이고 나로 인해 꼬였던 것이다.

누구를 탓 할 것이 아니라 스스로가 뉘우치고 살아가야 했던 것이다.

이젠 남이 아닌 내 인생을 살아간다는 것.

지금 이곳에서의 삶이 바로 내 삶이었구나!

결국 제주도라는 섬은 배신감에 찌들어 현실도피 하며 살아가던 나를 치유해준 치유의 섬이 되어주었다. 삭막한 도시의 빌딩과 반짝이는 네온 사인이 아닌 푸른 오름과 에메랄드색 바다, 억새의 황금 들녘, 노란 유채 꽃, 무지갯빛 코스모스, 이 모든 것으로부터 치유 받고 여유를 가졌기에 나 자신을 스스로 치유할 수 있었던 것이다.

정말이지 나에게 고마운 섬, 제주도다.

마지막 비행기가 떠나고 나면 고립이 되어 버리는 섬.

육지에서 즐기던 문화생활이나 맛집, 카페 투어는 더 이상 없다. 대신 오름에 올라 자연을 벗 삼아 김밥을 먹고 음료수를 마시는 것으로 바뀌었다.

카페 투어는 바다가 보이는 멋진 카페 대신 해안도로 인근의 편의점을 돌며 싸구려 캔 커피를 마시는 것으로, 맛집 투어는 유명한 음식점을 도는 대신 갯바위에 앉아 라면을 끓여 먹는 것으로 대체했다. 그러다 잠이 오면 잠들고. 책을 읽고 싶으면 읽고….

이런 주말이 도시인이었던 내가 꿈꾸던 삶이었을 것이다. 그런데 나는 아직 이 꿈속에서 조금 더 살고 싶다. 꿈꾸는 듯한 현실 속에서 말이다.

도시의 빌딩이 주는 인공적인 그늘이 아닌 오름의 땡볕이 좋다. 오름 정상에서 맞는 똥 바람마저 좋아지고 있는 것이다.

제주도의 넓은 들녘처럼 오름을 오르는 길에 소가 지나가면 소의 걸음 속도에 맞춰 뒤따라간다. 소에게 말도 걸어보고 큰 눈망울을 보며 눈싸움도 해보는 등 급할 게 없는 나.

하고 싶은 대로 하면서 나 자신만을 위해서 사는 삶.

'참 편하게 산다.'

이렇게 나의 모든 생각과 마음이 바뀌어가고 있을 때쯤, 또 다시 찾아온 여름휴가. 우와 정말 1년이 빠르다. 벌써 1년이라니.

벌써 휴가! 왜 이렇게 시간이 빨리 가는 것일까?

인생의 속도에 맞춰 지나가는 것이 시간이고 세월이라 하였거늘. 이건 빨라도 너무 빠르다. 이러면 내년은 더욱 빨라진다는 얘기다. 나이 먹는 것도 서러운데.

그래서 조금 더 재미나게 즐겨보기로 했다.

지나고 나서 '왜 그때 그렇게 즐기지 못했을까?' 후회할 일 만들지 말자.

이번 휴가는 조금 더 제대로 즐겨보자.

텐트 장비를 더 시켰다. 무이자 10개월로. 이놈의 할부 인생은 언제 끝이 보일지. 이번에 주문한 장비 가격만 80만 원. 동생 녀석은 또 미친 짓을 한다고 아우성이다.

이번 여름휴가는 전부 캠핑에 올인을 해보기로 했다. 아무도 없는 곳을 찾아서 이틀을 보내고 다른 곳에서 옮겨 하루를 보낸 뒤 캠핑의 성지인 비양도에서 마지막 밤을 보내기로 계획을 짰다.

드디어 휴가.

새벽 3시에 일어나 준비하고 달려간 광치기 해변에서 아침 일출을 보고 (여름 일출 시각은 05시 30분 전이다) 원하던 장소로 이동. 광치기 해변에서 텐트 치는 곳까지는 30분도 걸리지 않기에 그렇게 바쁘게 움직일 필요가 없었다. 느긋하게 해안도로를 달려 도착한 정박지. 역시 아무도 없다. 유일하게 불편한 점이 있다면 화장실이 없다는 것이다. 그것만을 제외하면 혼자서 편하게 지내기엔 딱 좋은 장소이다. 아무도 없기에 갯바위 속에 숨어 친환경 화장실로 사용하기로 했다(고기에게 밥도 줄 겸).

생각하며 짐을 내려놓는 그 순간이었다.

'앗, 실수다…!'

바닥이 타프 핀을 박을 수 없는 자갈 바닥이다. 생각하지도 못한 변수를 여기서 만나다니! 이곳에서 이틀을 보내겠다는 계획을 세웠고, 그것을 지키지 않으면 모든 일정이 어그러진다. 어떻게 해서든 이 상황을 해결해야 하는데 저 멀리 야영장이 오라고 손짓을 하고 있는 것만 같다. 결국 주위에 있는 큰 돌멩이들을 나르기 시작. 타프 핀을 그 속에 넣고 돌무덤을 만들어서 로프를 고정하는 방법으로, 내가 가지고 있는 최후의 수단이었다. 다른 방법이 전혀 없었기 때문이다. 그런데 제주도의 똥 바람은 강하다. 그리고 바닥은 하필 자갈이다. 바람이 휭 불면 자갈 위에 쌓아 올린

돌멩이들이 한순간에 무너져버린다. 견디지 못한 타프 핀이 뽑히면서 내게 속삭이듯 말한다.

"이곳은 아니야, 제발…."

결국 차량을 이용해 더욱 큰 돌을 나르기 시작했다. 더 크고 무거운 돌로 고정해서 드디어 완성! 이 정도면 웬만한 똥 바람은 견디겠지! 세팅하는 데만 무려 한 시간 반 이상이 걸렸다.

그렇게 우여곡절 끝에 땀 쭉 빼고 나서 시원한 캔 맥주 한 잔. 캬아~!

여름날 퇴근해서 샤워를 마치고 시원한 에어컨 바람을 맞으며 마시는 맥주보다 100배는 더 칼칼하고 시원하다.

"그래, 이 맛이지."

의자에 앉아 맥주를 마시며 직원들에게 문자와 사진을 전송.

"저, 이 시간부터 휴가 시작입니다."

얼마 후 다들 휴가를 보내기 시작했다는 사진과 문자를 보내왔다. 사람 눈치 볼 일 없는 아무도 없는 곳에서 낮술도 하고 낮잠도 자고 노상 방뇨도 해보고 책도 읽고 낚시도 하고 물놀이도 하고…. 그냥 나만의 무인도라고 생각을 했다. 나에겐 이 이상 그 무엇도 필요가 없었다.

김녕 앞바다에 지는 노을을 보며 혼자 술 마시고, 밥 먹고, 바비큐 파티까지 한 뒤 이어진 밤낚시. 안줏거리 한 마리 잡히면 좋겠다는 가벼운 마음으로 던진 찌가 사람을 놀라게 했다. 입질이 너무 없어 조명등을 들고 뿔소라와 문어 잡으러 갯바위 이곳저곳을 휘젓고 다니다 허탕 치고 돌아오니 넘어진 낚싯대가 날 반긴다. '잉? 왜 낚싯대가 물속에 처박혀 있지? 혹시 넘어졌나?' 하며 건졌는데 대물급 참돔이 바늘을 물고 있었다.

첫 입질(!)이 40㎝ 이상의 대물 참돔이라니.

'이건 아니다.'

난감하다. 작은 녀석이면 그냥 회를 떠서 먹으면 되는데, 얘는 커도 너무 크다. 제삿상에 올라가야 하는 사이즈. 회 뜨는 게 무서울 정도다. 또다시 직원들에게 인증샷을 보내며 물었다.

"얘 어떻게 해요?"

그러자 곧바로 답변이 날아온다.

"회 뜨라."

"라면에 넣어라."

"매운탕 끓여라."

"찜해라."

아니, 하는 게 중요한 게 아니라 나 혼자 어떻게 이 큰 놈을 다 먹냐고…! 그러다 고기랑 눈이 맞았다. 젠장. 어떻게 눈이 그렇게 맑은지….

그 순간 그녀가 내게 보내주었던 동영상이 생각났다. 잠가놓은 파일 속 그녀의 한없이 말똥거리는 눈망울과 어떻게 그렇게 똑같을 수가 있는지…. 결국 그 생각에 칼은 대지 못하고 한참 동안 녀석을 째려보며 소주를 마셨다. 그러다 복잡한 것은 내 스타일이 아니라는 생각과 함께 결국 이 녀석의 처리 방법은 아침에 생각하기로 했다.

고기를 어망에 넣고 바닷물이 어느 정도 찰랑거리는 곳에 보관하기로 했다.

'아침에 보자…. 꼭 살아 있어야 해!'

잠들기 전 결정했다. 반은 회를 뜨고 남은 반은 매운탕. 그렇게 해서도 남는 것은 버리기로. 그랬는데….

나는 왜 이럴까?

밀물이다. 어제 어망을 놓아둔 곳이 밀물에 잠겨서 어디에 두었는지 알 수가 없다. 묶어 두었던 어망의 끈도 찾을 수 없는 상태다. 결국 그 대물 참돔을 잃어버린 것이다. 밀물에 모든 것이 잠겨서 아무것도 보이지가 않는다.

아침부터 잡았던 고기를 찾겠다고 바지를 걷고 물속을 여기저기 뒤졌는데(아마 이때가 제주도에 내려와서 바다에 처음 발을 담근 때일 것이다) 못 찾았다. 나의 첫 대물 참돔은 어망과 함께 그렇게 바다속으로 사라지고 말았다.

아끼면 똥 된다. 아니 아낀 게 아니고 먹으려고 한 것이지만….

"에잇. 또 잡으면 되지 뭐. 아침부터 시원하게 맥주."

그런데 이상하게 바람이 어제보다 더욱 거세진 듯한 느낌. 자갈 위에 묶어둔 타프 핀을 고정하기 위해 올려놓은 큰 바위가 자꾸만 움직인다. 자꾸 흔들린다.

왠지 불안하다 했는데 결국 또 타프가 무너졌다. 어느 정도는 버틸 줄 알았는데 한 곳이 무너지니 결국 한순간에 모든 것을 덮어버린 것이다(본래는 한 곳이 무너져도 타프는 절대 무너지지 않는다. 어디까지나 강풍이라는 자연재해와 나의 부실 공사 때문이다). 무너진 타프 밑에 깔려 버린 나. 텐트와 그 많은 짐까지….

결국 난 아침부터 땡볕, 그리고 강한 똥 바람 때문에 펄럭거리는 타프와 싸우며 긴급 철수를 해야만 했다.

'그래. 생고생하지 말고 다음부터는 돈 내고 김녕 캠핑장으로 가자. 돈 조금 아낀다고 이게 무슨 고생이냐고.'

나도 바보스러울 때가 참 많은 것 같다. 바보탱이 재모.

뒷정리를 흔적도 남지 않을 정도로 깔끔하게 한 뒤 모든 짐을 다 차에 실었다. 이젠 어디로 가볼까? 우선 집에 들러야 한다. 온몸이 땀으로 범벅이 되어 끈적끈적하다. 몸이 소금물과 땀에 절었다. 본래 계획은 생수병으로 간이 샤워실을 만들어서 그렇게 생활을 즐기려고 했지만, 무너진 타프에 모든 계획이 묻혀버린 것이다.

씻고 나서 지도를 펼쳤다.

어디가 좋을까?

사람이 없는 곳을 찾아야 한다. 그런데 이 계절에 사람이 없는 곳은 찾기가 힘들다. 그래서 생각해 낸 곳이 하모리 해수욕장이다. 해수욕장은 폐쇄되었지만 해수욕장 뒤 솔밭에 캠핑을 할 수 있도록 데크가 설치되어 있고, 소나무가 우거져 있기에 햇빛을 피해 그늘을 마음껏 즐길 수 있는 곳이다. 집에서 한 시간 거리. 충분하다.

생각이 맞았다. 몇 사람 없었다.

여기서는 마라도와 가파도를 오가는 유람선이 보인다.

"아~ 가파도랑 마라도 가고 싶다."

그런데 땡볕!

"아~ 가을에나 가자. 가을에 해바라기 축제 보러."

봄날 새벽 고사리 따러 가시던 할머니처럼 챙이 넓은 모자와 토시 등으로 완전무장을 한 채로 말이다.

제주에는 그늘이 없다. 해안도로며 해안 절경, 오름, 어느 곳을 가도 그늘이 없기에 모자는 필수품이다. 4월에 가파도 청보리 축제를 즐기러 갔을 때 방심하고 들어갔다가 말 그대로 햇볕에 타 죽는 줄만 알았다. 뒤통수에 뜨거움을 머릿속에 가득 채운 채 결국 포기하고 선착장으로 발을 돌려야만 했던 기억이…. 제대로 구경지도 못하고 나를 싣고 갈 배가 다시 오기만을 기다린 적이 있었다.

그렇게 소나무밭에 텐트 치고 나무 그늘 아래서 내가 제일 좋아하는 시간과 공간 속에서 멍 때리며 시간을 즐기기.

어제 너무 많이 설쳐댔기에 저녁은 간단하게 도시락으로 해결하기로 했다. 내가 자리 잡은 텐트 앞에 의자가 하나 놓여 있어서 그놈을 식탁 삼아 저녁을 즐기는 중, 옆에 자리 잡고 있던 티피 텐트의 주인공들이 나타났다. 또 커플이다. 나에게 제주도는 어느 곳을 다녀도 커플 지옥이다. 이 커플은 숙박을 캠핑으로 해결하는 등 경비를 최소한으로 해서 제주도를 여행하고 있었다. 행동과 말투, 그리고 캠핑을 하는 곳임에도 손에 꼭 쥐고 절대 놓지 않는 캐리어가 이를 말해준다.

캐리어가 열리기 전에는 생각지도 못했다. 단순 여행용 캐리어라 생각했는데 뚜껑이 열리는 순간 대박! 캠핑 장비 전용 캐리어다. 캠핑을 많이 다녀본 나도 처음 보는 것이다.

'캠핑 장비 전용 캐리어라니.'

들고 다니는 것보다 편하고 누가 봐도 깔끔한 디자인. 무엇보다 그 누구도 그 안에 캠핑 장비가 들어 있을 것이라고는 생각지 못한다는 것이

흥미로웠다. 나도 저렇게 해보아야 할 듯. 정말 굿 아이디어다.

이 커플의 손놀림도 예사롭지 않다. 역시 캠핑 마니아는 다른 모양이다. 커플의 예민한 감수성을 해치지 않는 티피 텐트와 캠핑 장비 전용 캐리어. 역시 머리가 좋은 아이들이다.

이런 커플이니 캠핑의 낭만을 알 것이라 생각했는데, 제대로 맞아떨어졌다. 난 막걸리에 도시락인데 옆 텐트 커플은 미니 화로에 소고기를 구워먹는다. 게다가 감성 조명에 촛불, 와인까지….

이것들이 제대로 사람 약 올리는구나! 난 왜 하필이면 이 친구들 옆에 텐트를 쳤을까?

'흥! 나도 예전에 해봤거든? 왜 이래.'

속닥속닥. 무엇이 그렇게 좋은 건지…. 하긴 좋을 때다.

'그래 이 날씨에 둘이 안고 자라. 그래서 땀띠나 나라.'

결국 난 풍경은 제대로 보지도 못하고 실시간 드라마 보듯 옆 텐트의 커플이 보여주는 행동을 훔쳐보며 혼자 훌쩍거렸다.

예전에 부산에서 이곳으로 여행 온 커플… 아니 신혼부부를 만난 적이 있다.

금요일 퇴근 후 찾아온 이곳. 아쉽게도 이 커플이 나의 명당자리를 먼저 차지하고 있는 상황. 어쩔 수 없이 옆자리에 텐트를 치고 있는데 텐트를 쉽게 칠 수 있도록 조명까지 비춰주는 등의 행동으로 호감도가 쌓이고 있을 때였다. 텐트를 거의 다 쳤을 때 남자 쪽에서 한마디 했다.

"부럽심더. 이렇게 좋은 곳에서 매주 주말 텐트를 치며 즐기는 여유가."

역시 경상도 사람은 어느 곳을 가도 티가 난다.

그냥 입만 열면 티가 나는 것이다.

"니 경상도?"

내심 엄청 경계를 했던 것도 사실이다. 혹 내가 아는 사람과 인연이 있지는 않을까? 내가 여기 있다는 것을 아는 사람 있으면 안 되는데…. 혹시라도 알려지면… 무슨 일이 생길지도 몰라 두렵다.

"그래. 결국 도망친 곳이 이곳이냐?"

내가 경상도 사람이라는 것이 들통나면 내 소식 전해지지 않을까?

결국 터졌다.

"행님, 말 좀 해보소."

"문디 새끼. 고마 해라. 적당히 해라."

"행님도 경상도?"

밝히기 싫은 내 출신지다. 아니 그때 당시에는 나에 대한 그 어떤 것도 밝히고 싶지 않았다. 하지만 내 말투는 어쩔 수가 없었다.

"행님. 제주도 왜 왔는교. 좋은교?"

"응. 엄청 좋아. 지금 너희도 나 부러워하고 있잖아."

"예! 그 말이 맞심더! 금요일에 퇴근 후, 이렇게 혼자 와서 즐기는 여유! 행님이 딱 보여주고 있심더. 행님을 보면 꼭 봄여름가을겨울 가수의 노래 중 아웃사이더! 그게 딱 어울림더."

"응. 그렇게 살고 싶기도 해. 그리고 김동률의 노래 '출발'의 가사처럼 모험을 하며 항상 새롭게 살아가고 싶어. 그렇게 자유분방하게 사는 게 내가 원한 인생일지도…."

그러자 이런 대답이 돌아왔다.

"행님! 제가 보기에는 여자친구의 친오빠에 대한 미움이나 배신감보다… 여자친구를 그리워하는 마음이 더 큰 것 같은데."

"그래, 맞아! 네 말이 정답. 그래서 이렇게 그 친구를 그리며 즐기고 있는 거야. 내가 할 수 있는 것이 이것뿐이니까."

옆에 듣고 있던 동생의 제수씨, 부산 촌놈에게 수원에서 시집을 온 그 동생의 마누라가 말했다.

"오빠는 참 바보 같은 사랑을 하시네요. 이쯤 했으면 충분해요. 그 언니에게 다시 다가가보세요."

"갈 수가 없다. 여기 제주도야. 그리고 어떻게 다시 돌아가서 그 애를 볼 수 있겠냐? 내가 저지른 실수가 너무 큰데. 그래도 그리울 때가 엄청 많아. 손잡고 싶고 안아보고 싶어… 아니 그녀의 모든 게 그리워. 하지만 육지처럼 보고 싶다고 몇 시간을 달려서 갈 수 있는 그런 곳이 아니야. 제주도는 기숙사 같아. 해가 지고 통금시간이 오면 아무리 그리워해도 갈 수 없고 만날 수 없는 섬. 제주도는 그리움이야."

"오빠도 참 대단하시다. 그렇게 그립고 보고 싶은데 참고 있다는 게. 집착남이나 스토커라는 말은 안 어울리네요. 저도 여자지만… 오빠도 대단하고 그 언니도 대단하신 분 같아요. 아마 다시 만나면 우리보다 더 잘 사실 듯."

그렇게 경계를 하던 내 마음이 같은 지역 사람의 그리운 말투에 나도 모르는 사이 녹아내린 모양이다. 처음 보는 사람에게 내가 숨겨 놓았던 모든 것을 하소연처럼 내뱉었다. 그 누구에게도 하지 못했던 속에 담아만 두었던 말을 꺼냈다. 왜냐고? 앞으로 보지 않을 사람이기에. 스쳐 지나가는 사람이기에.

"문디 자슥들아! 고마 해라. 내 인생에 끼어들기 없기다."

그렇게 내가 경상도 출신이라는 것과 여기까지 오게 된 과정을 처음 본 사람에게 밤새도록 이야기한 것은, 제주도에 처음 여행 왔을 때 가졌던 마음 때문일 것이다. 내 이야기를 마치자 자신들의 이야기를 꺼냈다. 제주도의 좋은 기운을 받아 아이를 가지고 싶단다. 한 달 동안 머물 거라고.

'아마도 지금쯤 둘이 아닌 셋이서, 예쁜 아이와 함께 잘살고 있겠지.'

이처럼 제주도 어디를 가든 텐트 덕분에 좋은 추억이 많이 생겼다. 밤새
도록 잠도 안 자고 조잘대던 여자애들. 방음도 되지 않는 텐트 안에서 사
랑을 나누는 소리(!)를 주변 캠퍼들에게 들려줬던 커플까지. 그때 텐트 핀
을 다 뽑아버리려다, 나도 그런 경험이 있고 좋은 기운 받아 예쁜 아이 얻
으려는 노력이라는 생각에 꾹 참았다.

텐트를 친 곳 바로 옆을 지나는 해안도로에서 음주 단속 하는 모습을
구경한 적도 있다. 그때 난 약을 올리듯이 술을 마시면서 단속을 구경했
다. 왜냐고? 재밌잖아. 내가 운전을 할 일이 있는 것도 아니고 아니고, 술
에 취해 잠이 오면 바로 옆 텐트에서 자면 됐기에 거리낌이 없었다. 단속
하는 경찰분도 날 쳐다보며 어이가 없다는 표정을 지었지만 난 그저 씩 웃
기만 했다.

"전 잘못 없답니다. 제가 먼저 도착해서 놀고 있는데 나중에 단속 오신
거잖아요".

단속하던 경찰분들도 그 장소에 텐트를 치고 있는 놈이 있을 거라곤 상
상도 못 했을 거다. 혹 이 글을 보게 된다면 떠올려주시길.

"술 취해 씩 웃던 그놈이 바로 저입니다!"

캠핑 생활을 하다보면 제일 많이 하는 것이 멍 때리는 것이고, 또 하나
는 많은 추억을 되새겨보는 것이다. 그런데 이상하게도 육지에 있을 때의
추억은 하나도 생각나지 않는다. 왜? 무엇 때문에? 이유는 나 자신도 모른
다. 그저 제주도에 내려와서 지냈던 일들만 생각이 날 뿐. 유일한 예외가
있다면 단 한 사람, '연희.' 머릿속이 아닌 가슴 속에는 온통 연희라는 이름
과 연희에 대한 그리움만 있었다. 유난히 많이 보고 싶고 그리운 아이다.

티피 텐트에서 속삭이는 커플의 목소리를 들으며 난 그렇게 그녀에 대

한 그리움을 달래야만 했다.

그리고 맞이한 아침. 매번 느끼지만 항상 꿀잠을 잔다.

티피 텐트를 빤히 쳐다보고는

"나 같은 사랑하지 말고 지금처럼 예쁜 사랑하면서 영원히 행복하길…"

천천히 해안도로를 달려 잠깐 황우지 해안을 들렀다. 역시 사람이 바글바글. 많아도 너무 많다. 내가 놀 자리가 없을 정도이다.

나도 잠깐만 발 담그고 조금 더 쉬며 천천히 가고 싶은데… 어디로 가지?

그러다 찾아온 곳이 바로 소 정방폭포

천지연 폭포나 정방 폭포는 사람들이 많이 찾고 늘 북적대는 곳이라 이곳을 찾았다.

사람 많은 곳을 피해 나만이 조용히 즐길 수 장소. 주차장까지 거리가 조금 있기는 하지만, 바다로 떨어지는 폭포수를 보며 절벽이 만들어준 그늘 아래에서 발을 담근 채 잠깐 쉬어가기로 했다.

가끔 동네 어르신들(!)이 여기에 와서 떨어지는 폭포수에 허리 마사지하는 모습을 본다. 솔직히 나도 해보고 싶기는 하지만 아직은 그럴 나이가 아니라서…. 그 대신 고장 난 무릎을 살짝 대고 싶었지만 이내 포기했다.

그냥 바라만 보아도 시원하고 좋다. 지상 최고의 낙원은 지금 내가 있는 이곳이란 생각이 든다. 흐르는 물에 발을 담근 채 떨어지는 폭포수를 보다가 다시 바다를 보고…. 그렇게 생각 없이 멍하니 있다 보면 시간이 금세 지나가 버린다.

이곳도 좋기는 하지만 그래도 가야 할 곳이 있다. 아쉬움을 뒤로 하고 달려간 곳. 우도로 가는 선착장.

'오예! 승선 확인서 작성 끝.'

오후에 드디어 우도 진입.

우도봉에서 바라보는 제주도. 제주의 가장 예쁜 모습과 제주도다운 모습을 볼 수 있는 곳이다. 우도 등대는 많이 가지만 여긴 사람들이 별로 찾지 않는다. 등대 옆 작은 봉우리 산림초소가 있는 곳이다. 사람이 없어 한적하고 우도로 들어오는 관광객을 망원경으로 실컷 구경할 수 있다. 사람이 없기에 당연히 망원경은 독차지. 제일 좋은 것은 공짜라는 것이다.

이곳에서 바라보는 제주도의 가을은 또 다른 그림 같은 풍경을 선사한다. 가을에 김밥과 돗자리를 들고 소풍을 즐기기 최고의 장소이기도 하다.

"다음에는 꼭 너의 손을 잡고 오고 싶다. 바다에 떠 있는 제주도의 모습을, 수많은 오름과 한라산의 모습을 너에게 꼭 보여주고 싶어!"

섬 속의 섬 우도. 하지만 역시 캠핑하면 비양도다. 이미 도착해서 여유를 즐기고 있는 몇몇 커플. 아니 더운 날에 왜 커플 캠핑족이 많은 것인지…. 어제 받았던 그 서글픔을 두 번이나 참아낼 자신은 없었기 때문에 자리만 잡아두고 인근 해수욕장에서 통닭을 주문했다.

"여기 비양도 연대 밑, 빨간 텐트에 반반 배달이요."

'흥. 난 혼자 왔어도 할 건 다 한다!'

양념 반 후라이드 반. 맥주는 피처 하나랑 캔 맥주 한 묶음. 난 술 마시려고 캠핑을 다니는 것 같다. 전부 술이구나.

바다도 보고 여행 온 사람들을 구경하며 먹는 치맥은 야구장에서 즐기는 것과 비슷한 느낌을 준다. 비록 함성과 파도타기 응원은 없지만, 여행객들이 부러워하는 소리가 함성으로 들리고 파도타기 응원 대신 눈앞에 보이는 진짜 파도에 혼자 장단을 맞춰보기도 한다.

"파도는 밀당을 잘하는 녀석이구나."

캠핑을 할 때마다 "여기서 캠핑하는 사람들은 참 좋겠다."라거나 "우린 언제 이런 풍경 속에서 저렇게 여유롭게 즐겨 보냐"는 여행객들의 부러운 아우성을 듣는 것도 이제는 당연한 일상이 된 듯하다.

어제 당했던 서글픔을 여행객들에게 되갚아 준 것이다.

"많이들 부러우시죠, 저 이 맛에 삽니다!"

저녁 무렵 쯤 어디서 나타났는지 수많은 백패커가 나타났다. 아니 도대체 어디에서 나타난 것이지? 다들 어디 숨어 있었던 거야? 내가 도착했을 때에 몇 동 없던 텐트가 어느 순간 장소가 비좁을 정도로 꽉 차버렸다. 이분들 대단하시다. 이 날씨에 저렇게 걸어 다니면서 백패킹을 즐기다니. 역시 백패커분들은 대단하신 것 같다.

　밤새도록 메아리처럼 울려 퍼지는 웃음 소리와 파도 소리. 그래, 나도 여기 있다. 그렇게 백색 소음을 들으며 잠들어 버렸다.

　아침, 여유롭게 우도봉을 다시 올랐다. 역시 제주도의 여름은 사람을 위협한다. 바람도 그늘도 전혀 없다. 그래도 이상하게 이곳에만 올라서면 너무 좋다. 아무리 덥고 짜증나고(?) 햇볕에 타들어 가는 듯해도 여기에 오르면 모든 것을 잊어버리고 만다.

　"내가 보고 있는 것 현실이지? 장난 아니지?"

　꿈속에서 보고 있는 듯한 제주도 풍경. 이 꿈같은 풍경이 상처투성이인 나에게 너무 많은 도움을 주었다. 내가 그토록 아파한 적이 있었냐고, 사람을 미워했던 적이 있었냐고, 사람에 대한 경계심을 가진 적이 있었냐고, 언제 그런 일이 있었느냐고 묻듯이 말이다. 그때 그 일 때문에 대인기피증까지 생겼는데….

지금 나 자신에게 물어본다면 분명 "내가 언제? 왜?"라고 답할 것이다.

망원경을 통해 바라본 선착장. 사람들이 어마어마하게 내린다. 배도 바쁘다. 빨리 되돌아가서 또 싣고 와야 하기 때문이다. 그런데 문제가 발생했다. 성산에서 우도 청진항으로 들어오던 배가 도착 직전 바다에서 멈춰 버렸다. 처음에는 내가 잘못 본 줄 알았다. 그런데 확실하다. 말 그대로 동작 그만. 프로펠러가 돌면서 나와야 할 하얀 거품이 일지 않는 것이다. 배기구는 연기조차 피어오르지 않는다. 이건 분명…

"앗! 엔진 고장?"

어떻게 해야 하지? 조금만 더 지켜보자.

이미 배에서는 난리가 났다. 사람들이 전부 갑판으로 나온 것이다. 당연히 그럴 것이다. 우리에게는 잊지 못하는, 잊을 수 없는 아픔이 있기에.

'지켜주지 못해 많이 미안해. 내가 지금 즐기고 있는 이 모든 게 너희들의 꿈이었을 수도 있는데 말이야.'

다행이다. 10분쯤 지나자 배가 서서히 움직이기 시작했다. 항구에 사람들을 내려놓고는 또다시 성산으로 기어간다. 끙끙대면서.

항구에 내린 사람들의 모습 또한 재미나다.

어떻게 보면 이 섬과는 어울리지 않는 복장으로 차려입은 사람들. 그래서인지 몰라도 이 조그마한 섬이 패션쇼가 열리는 곳 같다. 각자 자기만의 스타일을 고수하고 있는데, 최고의 여행지라 어울리는 것 같기도 하다.

이 모든 걸 보고 즐길 수 있는 것은 바로 이 공짜 망원경 덕분이다. 망원경으로 보면 청진항으로 들어서는 사람들의 얼굴까지 식별이 가능한 것이다.

"제가 다 지켜보고 있답니다."

이렇게 우도봉에서 혼자 놀기의 달인에 도전하던 중, 눈을 의심할 수밖에 없는 장면을 목격했다.

"우도에 왜 왔을까? 왜?"

망원경으로 보게 된 얼굴.

"아니겠지? 아닐 거야."

선착장에서 빠져나오는 한 가족. 어른 셋에 아이 둘. 특이하게 꼬맹이들은 커플인양 색만 다른 인형옷 차림이다. 마치 텔레토비 같은 옷을 입고 있다. 아는 얼굴. 그 사람들이다.

설마 여기서? 설마 여기에?

믿지 못했다. 아니 믿기 어려웠다.

우도를 돌아보려면 시간이 걸린다. 보통 여행객들은 우도를 시계방향으로 돈다. 지금 내려가면 중간에서 마주칠 확률이 100%다. 확인하고 싶지 않았지만, 확인을 해야만 했다. 아니, 확인하고 싶었다. 그렇게 스쳐 지나치더라도 연희의 얼굴을 보고 싶었던 것이다. 난 또 그렇게 바보같은 짓을 해버리고 말았다.

내 생각이 맞았다. 우도 연대 인근에서 렌터카를 운전하는 경진이와 옆에 앉아 있는 경진이의 집사람과 눈이 마주친 것이다. 차라리 가슴 아파도 연희였으면 하고 바랐는데…. 그 뒤에 앉아있는 한 사람과 꼬맹이 둘. 뒤에 앉은 사람이 분명 연희일 것이다. 그토록 보고 싶었고 그리워했던 얼굴. 하지만 정작 눈을 마주친 건 연희가 아닌 경진이 부부.

이 사람들까지 이곳으로 휴가를 올 줄은 몰랐다. 이렇게 우연히 스치듯 마주칠 것이라곤 전혀 예상치 못했다. 왜 하필이면? 왜? 왜? 본래 연희는 휴가 때 세부를 가고 싶어 했다. 그래서 당연히 식구들과 함께 그곳에 갔으리라 생각했는데….

눈이 마주친 그 찰나의 순간. 스쳐 지나가는 3초 동안의 시간. 내 속에 있던 배신감과 그 무엇이 또 치밀어 올랐다. 날 그렇게 대해놓고서, 분명 내가 여기에 내려와 살고 있다는 것을 알고 있으면서 저렇게 웃고 즐기고 있다는 사실에 너무나도 화가 치밀어 올랐다.

역시 저 사람들은 자기 자신 밖에 모르는구나! 타인은 어떻게 되든 아무 생각이 없구나! 자신의 목적을 달성하기 위해서 내게 보여줬던 행동과 시도 때도 없이 이어진 무시가 떠올랐다.

그래, 역시 너희가 최고다.

그때 그 심정과 그때의 답답함이 떠올라서일까? 또다시 떨리기 시작한 손.

어떻게 하지? 완전히는 아니었지만 그래도 내 마음이 어느 정도 치유됐다고 생각했는데…. 자꾸 심해지는 답답함과 배신감. 그리고 그리움.

휴가였지만 모든 걸 접어버렸다.

그리고 나에게 다시 찾아온 일상에서의 멍 때리기와 그 무언가.

휴가가 끝나고 출근한 날, 마음에도 없는 말을 내뱉었다.

"다들 잘 다녀오셨나요?"

"그래, 너도 잘 보냈니?"

"예! 아주 잘!"

그러다 결국 이날 사고를 쳤다. 순간 방심해버린 것이다.

자동차 정비일은 위험 요소에 많이 노출된다. 어떤 돌발 상황이 발생할지 모르기에 항상 주위를 둘러보는 습관을 길러야 하고 신경을 써야 한다. 그런데 이날 찾아온 멍 때리기 때문에 RV 차량 트렁크를 수리하다가 그만 트렁크에 머리를 찧고 말았다. 분명 트렁크를 잡아주는 쇼바가 고장 났다는 것을 알고 있었고, 심지어 차주 분께 "이거 잘못하면 꽝 닫혀서 머리를 다칠 수도 있으니 꼭 수리하고 타세요."라고 말한 지 몇 분 지나지 않았음에도 순간적으로 닫혀버린 트렁크에 머리를 부딪치고 만 것이다. 머리를 찢었다는 아픔보다 '왜 이러지? 나 또 이러면 안 되는데.'란 생각이 먼저 머릿속을 지배했다.

그 순간 따뜻한 무언가가 얼굴을 타고 흐르는 느낌이 들었다. 옆에서 수리 과정과 사고 과정을 전부 지켜보고 계시던 손님이 더 놀라고 말았다.

"젠장, 피다."

급하게 화장실로 향했다. 그런데 어떻게 된 일인지 흐르는 피가 멈추질 않는다. 뛰어가던 나를 본 형님이 화장실로 따라와 상황을 파악하시더니 이렇게 말씀하셨다.

"재모야! 빨리 병원 가봐!"

난 이 정도는 괜찮다고, 병원 갈 정도는 아니라고 빡빡 우겼다. 그러면서 장난까지 쳤다.

"형, 영화에 나오는 한 장면."

거울 속에 비친 내 모습은 꼭 누군가에게 벽돌로 머리를 맞아 코 양옆으로 피를 질질 흘리고 있는, 정말 영화 속 인물과 똑같은 모습이었다. 그런 생각을 하며 나는 씩 웃었다. 그렇게라도 웃고 싶었고 장난을 치고 싶었다. 제주도에 있으면서 나의 본 모습이 어떤 것인지 알았기에. 내가 누군지를 알았기에.

그 순간 화장실로 들어오시는 사장님.

"이 새끼! 너 지금 얼굴이…. 그러고도 웃음이 나와!?"

사장님께 이끌려 병원 응급실로 향했다. 태어나서 응급실에 간 건 처음이다.

'상처는 아물지만 아팠던 흉터는 희미해질 뿐, 머릿속에서는 영원히 지

위지지 않는다.'

어렸을 적에 오른손 검지와 중지를 다쳐 두 손가락을 꿰맨 적이 있다. 그때 까딱 잘못했으면 두 손가락을 잃을 뻔했다는 사실이 기억난다. 지금도 그 흉터는 그때의 모습 그대로 남아 있다.

응급실 의사 선생님께서 하시는 말씀이 무슨 클립 같은 것으로 고정해도 될 것 같다고. 그리고는 호치키스 같은 것을 가지고 오시더니 정말 머리에 그것을 퉁퉁 박아댄다. 꼭 머리에 못을 박듯이 그렇게 몇 번을 하시더니 이내 말씀이 바뀐다.

"상처가 너무 넓어 이걸로는 안 되겠네요. 꿰매야겠어요."

'야, 이 양반아! 처음부터 꿰매지! 내 머리가 무슨 각목이냐?'

그때 하지 못한 말이다. 나도 고장 난 차를 고치는 의사지만, 사람을 치료하는 의사가 이건 너무하는 것 아닌가?

결국 일곱 바늘을 꿰맸다. 그 정도로 심각할 줄은 몰랐는데. 도대체 내가 왜 그랬지…?

응급실 앞에서 비상등을 켜고 기다리는 사장님. 돌아오는 차 안.

"너 오늘 이상하더니…. 무슨 일 있냐? 휴가 다녀온 다음 날은 더더욱 조심해야 된다는 건 너도 잘 알잖아. 그래도 저번처럼 얼굴이 아니라 다행이긴 하다."

내가 이런 실수를 하다니….

"사장님 죄송합니다."

한동안 또 아무것도 생각하고 싶지 않았다. 그런데 그때 본 그 모습, 내게는 악몽 같은 그때의 기억이 자꾸만 날 괴롭혔다. 의욕도 없고 말수도 확 줄어들어 버리고 모든 게 귀찮아졌다. 그러자 회사 형님들이 오히려 더 걱정을 했다.

"너 요즘 무슨 일 있냐? 말도 없고 얼굴 안색도 안 좋아 보이고."

말을 하려고 해도 입이 열리지 않고, 웃으려고 노력을 해도 허사였다. 치욕스런 내 모습을 얘기하고 싶지 않았던 것이다. 그 누구에게도 보여주고 싶지 않았기에 그저 농담하듯 이렇게 말했다.

"형, 저 가을 타나 봐요."

"웃기고 있네. 이젠 생지랄을 해라."

어떻게 그렇게 절묘하게 가을이 찾아온 것인지.

"무슨 일인지는 모르겠지만 후딱 털어버려!"

그러지 않으면 나 자신만 힘들어진다는 형님의 말씀. 내가 그토록 좋아하는 캠핑을 가도, 오름을 가도 아무 생각 없이 멍하니 있었다. 그야말로 바보 같고 초라한 모습이 아닐 수 없었다.

'내가 왜 여기 있지? 난 육지 사람인데.'

육지에 가면 속 시원하게 얘기 나눌 사람들 친구들이 있는데. 오늘 저녁은 친구들과 맘껏 취해보고 싶은데. 여기서는 그럴 친구가 곁에 없다는 사실이 나를 더 초라하게 만들었다.

향수병 같은 우울증. 그리고 멍 때리기.

맞다! 그곳에 되돌아가면 또 너희와 마주칠 수 있겠구나! 그리고 너와의 한 약속도 있었지.

"나 더 이상 갈 곳이 없나 봐. 이제 그만 해도 되지 않을까? 재밌게도 살아봤고, 예쁜 사랑도 했고, 가슴에 지워지지 않는 그리운 사람도 만들었고…. 지금이 제일 행복한 것 아닌가? 이제 그만, 내 인생 여기서 멈춰도 되지 않을까…?"

온갖 생각이 날 괴롭혔다.

그만 할까? 제주도에 와서 그동안 잘 지냈으니. 이렇게 좋은 시간을 보낼 수 있었던 것도, 여기 온 것도 그 친구들 덕….

아! 내가 잊고 있었던 게 하나 있구나.

내가 여기 있는 이유와 살아가고 있는 이유.

비록 그때의 아픔 때문에 여기에 오기는 했지만, 나 나름대로 잘 살고 행복해 하고 있지 않았던가? 그런데 그 아이들을 다시 보았다고 왜 내가 또 무너져야만 하는 거지?

이건 아니다. 이미 그 사람들의 삶 속에 나 같은 것은 존재하지 않을 텐데. 난 그들에게 있어 수없이 스쳐 지나가는 사람들 중 한 명일 뿐. 그들 인생에 걸림돌이 되었기에 박혀 있던 돌이 굴러온 돌을 튕겨서 쫓아냈을 뿐인데. 그리고 또 누군가를 찾다가 마음에 들지 않으면 나처럼 멀리 튕겨 내겠지. 이것이 바로 그 사람들의 삶의 방식인 것이다.

이렇게 혼자 무너지면 또 내가 지는 것이다.

이건 결코 내 모습이 아니다.

그래. 내 모든 걸 바꿔 버리자.

아직 내 가슴 속에 남아 있는 그 사람들에 대한 앙금을 버려 보자. 전부 싹 버린 뒤에 깨끗이 씻어 다시 주워 담아보자. 내 인생의 '주'는 나이고 '부'는 그 사람들이다. 내 인생에 있어서 그 사람들은 그냥 최악의 인연이었을 뿐이다. 그리고 나 자신을 찾게 해준 고마운 사람들이기도 하다.

내 마음 속 쓰레기가 꽉 찼을 때, 그때 다시 파헤쳐 보자. 무엇이 남아 있을까? 버릴 게 과연 있을까?

고쳐먹기로 했다. 아니, 무조건 고쳐야만 한다.

그 생각으로 조금 더 밝아지려고 노력했다. 그때부터 내 마음을 더욱 숨긴 것인지도 모르겠다. 내면에 내 모습을 숨겼다. 내 모든 걸 보여주면 사람들이 나를 이용하려고만 한다는 것을 알았기에. 난 그저 바보탱이로 살고 싶었을 뿐이다.

"혼자 있을 때에도 즐겁다는 듯이 항상 웃고 있는 바보탱이가 되자. 누가 봐도 그렇게 생각하도록."

그래! 내 모습의 반만 보여주자. 그리고 다가가 보자. 어차피 내 인생인데 구차하게 이렇다 저렇다 얘기할 필요도 없고 궁금해하지도 않는데 왜 내가 굳이 그런 것까지 얘기해야 하나.

변화가 있어야 했기에 일부러 더욱 장난을 치고 더 활발해졌다. 더 심한 개구쟁이가 되었다. 어떨 땐 바보탱이처럼 보일 정도로.

"애, 머리 다치고 난 후 더 이상해졌어."

"큰 병원 가봐야 하는 것 아니냐?"

옆에 있는 작은 형이 또 끼어든다(작은 형님과는 이제 완전 티격태격하는 사이. 주위에서 그런다. 너희는 맨날 싸우면서 왜 그렇게 붙어 다니냐고).

"너 그때 덜 다쳐서 그래. 이리 와봐. 망치로 반대편을 팍!"

반대편을 맞으면 뇌진탕. 즉 죽이겠다는 말이다.

"아니, 이 형들이 정말!?"

"어쭈? 또 달려든다?"

정말 다행이다. 나 스스로에게 감사한다. 빨리 회복되었기에. 여기 내려와서 아파하고 괴로워했던 몇 달. 지난 몇 해 동안의 기억에도 불구하고 얼마 지나지 않아 본래의 내 모습으로 돌아온 나 자신.

"내려놓으면 정말 되는구나."

여기 내려와서 책을 엄청 읽은 것 같다. 항상 책을 주위에 둔 게 사실이다. 그 많은 책 속에 "내려놓으면 보이는 것."이란 말이 많이 나왔다. 그 말을 보면서도 별 생각이 없었고 관심도 두지 않았는데…. 실제론 이런 것이었구나!

내려놓기가 쉽지가 않다는 것 또한 정확했다.

왜 그 많은 것을 난 혼자 감싸 안고 짊어지려고 했던 것일까?

왜 혼자서만 해결하려고 했을까?

왜 난 혼자라고 느꼈을까?

바보탱이보다 더 바보 같은, 쓸모없는 바보처럼 말이다.

참 바보 같은 짓, 바보 같은 생각을 하고 있었구나!

다시 찾은 내 모습이 좋다. 개구쟁이 재모로 시작해 까칠한 재모로, 눈치 없는 재모로 돌아온 것이 말이다. 많이 까칠할 때는 사장님과 사모님을 비롯한 모든 직원이 내 옆에 오지를 않는다. 이럴 때는 시한폭탄 같은 녀석이라는 것을 알기에 모두가 내 눈치를 본다. 하지만 딱 한 사람, 동생만큼은 아니다. 서울에서 정비 일을 처음 배우기 시작한 꼬맹이 정비사. 동생에게는 내가 정비 선임이자 사수였고, 서울에서 1년을 지내는 동안 이놈이 내 성격을 파악해 버린 것이다. 나의 이 더러운 성격을.

"어이구! 이 양반, 또 시작이네. 작작 좀 해요."

"이 새끼, 내가 그렇게 가르쳤냐!"

"예. 형이 제게 가르쳐준 그대로를 보여주는 겁니다."

옆에서 가만히 듣고 있던 큰 형님이 물었다.

"너 성원이 사수였어? 도대체 애를 어떻게 가르쳤기에? 야, 그럼 성수기 때 렌터카 빌려 달라고 한 놈이 너였냐?"

"예! 맞아요."

입사하기 전 일이다. 지인과 술자리 멤버를 모아 제주도로 함께 떠난 여름 휴가. 렌터카를 조금이라도 저렴하게 대여하기 위해 성원이에게 부탁을 한 것이다. 그런데 이 녀석은 렌터카를 빌린다고 일도 하지 않고 전화만 붙잡고 있었단다.

"육지에서 정비 사수 형이 오는데! 차가 필요한데!"

그렇게 생쇼를 했다는 것을 지금에서야 알게 된 것이다.

"음… 그게 재모 너였구나. 성원이가 그때 왜 그랬는지 이제는 알겠다."

"제가 뭘요. 전 아무 짓도 안 했습니다."

"쓸데없는 말만 하지 말고. 내일 뭐 해?"

"새벽에 일출 보러 관(!)치기에 갈 겁니다. 그리고 풍경 잡으러 다니겠죠."

"내일 몇 시까지 우리 집으로 와! 재모 널 위해 이번에는 중국 음식으로 풀 세팅할 테니까. 와서 먹고 힘내. 넌 혼자 사니깐 아프면 안 돼. 그리고 너 아프면 우리가 힘들어져!"

그렇게 강제로 약속이 잡힌 날이었다. 형님이 전화를 했다.

"너 올 때 쌈장이랑 소주 좀 싸 와."

"예! 삼장이랑 소주요."

"이 새끼야, '삼장'이 아니고 '쌈장' 말이다."

"그래요. 삼장."

이때 알았다. 이놈의 경상도 사투리는 쌍시옷과 시옷 발음이 구분되지 않는다는 것을. 게다가 안 되는 발음이 무지 많다. 증상(정상), 쌀(살), 서글픔(스글픔), 성원(승원), 싼타페(산타페) 등 끝이 없을 정도. 실은 어떤 것이 표준어인지도 이제는 모를 정도이다.

스스로 생각해도 웃음만 나올 뿐이다.

"저 이제부터 사투리 안 쓸게요."

"아니, 너 말하지 마. 넌 입 열면 그 자체가 경상도야. 넌 어디를 가도 티나."

"그래 내 갱상도다. 니 우짤 낀데!"

형들에게 덤비는 말투인데 다행히 알아듣지 못했다. 알아들었다면 아마도 그날이 내 제삿날이었겠지.

그나저나 이 말투는 고쳐지질 않는다. 나의 사투리는 어쩌면 육지에 있을 때보다 더 심해졌을 수도….

이러니 제주도에서 평생 사신 어르신(손님)들이 나와 대화가 안 되는 것도 당연한 것이다.

사투리를 고치기 위해 연습에 연습을….

하지만 문제는… 대화 상대가 없다는 것이다.

누구랑 얘기를 나눠야 조금씩이라도 고쳐나갈 것인데 퇴근한 후나 주말이면 혼자가 되어버리는 나. 가끔 고맙게 걸려오는 조카의 전화에 난데없는 수다를 떨기도 한다.

조카는 나를 사투리를 쓰지 않는 멋진 삼촌으로 알고 있다. 얘는 토종 경상도 사람이기에.

"삼촌! 재주도 좋나!?"

"맞나!"

"그게 아이고?"

"은제 나도 함 데꼬 가면 안 되나!?"

이러니 내 사투리가 고쳐지지 않는 것이다. 문제는 조카였던 것으로….

아무튼 그렇게 전화를 끊고 나면 또 말이 없다(누군가가 곁에 있어야 말을 할 것 아닌가!).

혼자 있는 집. 쓸쓸하기보다는 말동무가 필요했다. 사투리를 고치기 위한 말동무가.

그때 생각난 것이 드라마다.

난 원래 드라마를 보지 않는다. 유행하던 드라마도 제대로 본 적이 없는 나다. 하지만 드라마를 보면서 말투를 흉내 내고 따라 하는 게 사투리를 고칠 수 있는 유일한 방법이라 생각하고 보기 시작했다.

그런데 결국 실패로 끝났다.

결국 그냥 나대로 살려고. 하던 대로.

이 얘기를 사모님께 했더니 이렇게 답해주셨다.

"에구! 재모 씨 안쓰러워서 어떻게 해? 빨리 장가보내야겠네. 선 볼래? 나이가 조금 위이긴 한데, 둘이 잘 맞을 것 같은데."

연애? 선? 결혼? 장가?

그때 내가 독신주의가 아니었다면. 그때 우리가 그곳이 아닌 다른 곳에서 서로를 만났다면. 이곳 제주도에서 만났더라면. 회사 큰 형님 부부를 보고 만났더라면. 지금 우린 행복이라는 두 글자에서 빠져나오지 못하고 있었을 텐데… 미련만 남을 뿐이다.

주말 아침. 늦가을인데 비가 온다.

주말 새벽이면 비가 내려도, 바람이 불어도 난 성산으로 간다. 광치기 해변의 똥 바람이 부는 언덕 위에서 아침 일출을 보기 위해서.

똑같은 일출일 것 같지만, 단 한 번도 내게 똑같은 모습을 보여주지 않았기에 늘 기대하는 곳이다. 그리고 일출을 보며 항상 다짐을 한다. '오늘도 파이팅!'이라고. 그리고 '너였기에 고맙다.'고. '더 이상 아프지 말라.'고. '행복해라. 보고 싶다.'고.

그렇게 또 멍하니 일출을 즐기던 나만의 시간. 그런데 해가 떠오르는 이 새벽에 갑자기 날아온 문자 하나.

"제주(남부, 동부, 산간) 호우경보, 산사태, 상습침수, 위험지역대피, 외출자제 등 주의 바랍니다."

재난 문자. 내가 그토록 바라던 문자였다.

육지에서 쓰던 연락처는 다 지웠기에 나에게 문자를 보낼 사람은 없다. 모르는 번호는 절대 받지 않는 내가 이 재난 문자를 기다리는 이유는 단 하나. 제주 산간 지역의 집중호우. 즉 엉또폭포가 터진다는 알림창이기 때문이다.

재난 문자를 받고 즉시 달려 가야 하기에 마음이 바빠진다. 제주 산간 강수량이 70㎜가 넘으면 엉또가 터진다는 것을 알기에. 엉또로 향하는 제2산록도로가 물웅덩이처럼 보이면 100% 한 시간 이내에 터진다.

난 엉또폭포에서 폭포수가 흘러내리는 모습보다 엉또폭포가 터지는 그 순간을 더 좋아한다. 비를 맞으며 설레는 마음을 안은 채 기다리고 또 기다린다. 기다리는 것 자체를 즐기는 것이다. 이미 나에게 기다림이란 익숙한 존재다. 연희를 기다릴 때도 있었고, 원하는 사진을 찍기 위해 차에서 여섯 시간 이상을 기다린 적도 있으며, 들불축제나 부산 불꽃 축제 때 좋은 자리를 차지 위해 아침에 도착해서 저녁까지 기다린 적도 있었다. 그런 나에게 이까짓 기다림 따위 아무것도 아니다. 정 기다리는 시간이 지루하면 혼자 놀기 위한 나만의 방법도 있고.

엉또가 터진다.

정말 순식간에 벌어진 일이다.

졸졸졸 흐르던 폭포에서 댐이 무너져 물이 쏟아지는 것처럼 엄청난 양의 물이 쏟아져 내린다. 이리저리 튀는 물에 이미 우산은 포기. 비옷을 입고 있음에도 감당하기 힘들 정도이다. 폭포 아래에서 그 물을 직접 맞았다가는 즉사다.

내 인생을 통틀어서 최고의 명장면을 꼽으라면 새별오름이 활활 타오르는 모습과 이곳 엉또폭포가 터지는 순간일 것이다. 육지에서는 절대로 볼 수 없는 장면이다.

"그래, 이 맛이야."

고맙다! 가을이 끝나가는 시기에 생각지도 못한 선물을 나에게 안겨 줘서.

이렇게 좋은 것이 많은 곳인데 내가 왜 움츠리고 있어야 하는 거지? 안 되면 되게 하면 되는 것이고, 오늘 보지 못했으면 내일 아니 다음 주말에 다시 와서 보고, 그것이 안 되면 1년 뒤에 다시 와 보는 거지.

"나 깡다구 있잖아!"

그 뒤로 한 가지 습관이 생겼다. 출퇴근길에 라디오에서 나오는 노래를 따라 부르며 파이팅을 외치는 습관. 그럼 이상하게도 기분이 좋아진다.

자기 얼굴 표정을 알고 있는 사람은 별로 없을 것이다. 그래서일까. 언제 부터인가 내 표정이 바뀌어 있다는 것을 사모님께 듣고 나서야 깨달았다.

"요즘 얼굴 많이 좋아졌네요? 그러고 보니 살도 많이 찐 것 같은데."

"예. 쪘습니다. 계단이 무섭고 몸이 무거울 정도입니다."

제주도에 내려와 동생에게 이끌려 올라간 체중계. 겨울옷을 입고도 52kg이었던 몸무게가 지금은 반바지(!)만 입고도 60kg. 화장실을 다녀오면 60kg이 채 안 되지만, 예민한 성격의 내가 이 정도면 엄청 찐 것이다. 7칸짜리 공구통에서 한 칸을 비워 과자나 빵으로 가득 채워둔다. 가끔 사모님이 사다 놓은 빵도 내가 다 훔쳐 먹는다. 큰 쥐로 둔갑한 것이다.

그런 모습을 본 형들이 또 이런다.

"저 새끼, 자꾸 이상해져 가."

"야, 그렇게 먹고 또 그게 목구멍에 들어가냐?"

이상하게 다 들어간다. 그리고 뒤돌아서면 또 배가 고프다. 그런데 요즘 분위기가 조금 이상하다. 사장님과 사모님 사이에 무언가가 있다. 무얼까?

그렇지 않아도 말씀이 없으신 우리 보거스 사장님의 말수가 더 줄었다.

회사에서 말씀이 없으시니 안 그래도 옅은 존재감이 더 옅어질 정도. 게다가 사모님의 동선을 늘 피해 다닌다. 이건 뭐지? 손에는 만쥬 빵을 들고서 또 눈치 없이 물어본다.

"사모님, 혹 사장님과 다투셨어요? 요즘 사장님 뒤로 숨어다니는 게 이상해요."

"지가 지은 죄가 있으니…. 지은 죄가 뭔지 알기는 하는지. 인간아! 인간아!"

"또 왜 그러세요?"

전전날. 사장님이 모임에 가서 한잔 걸치고 집에 들어왔는데, 주무시던 사모님을 깨워 계란프라이를 안 해준다고 아이처럼 땡강을 부렸단다(참고로 사장님의 큰아들이 얼마 전 군에서 제대를 했다). 그리고 다음 날 그 계란프라이 사건에 삐쳐서 술을 전날보다 더 많이 마시고 들어와서는 현관문 앞에 서서 문도 열지 않고 동네 사람 다 들으라고 고래고래 고함을 질렀다고 한다.

"이건 무슨 애도 아니고. 쪽 팔려서…. 이게 다 저 인간, 계란프라이 때문이야."

어쩌면 우리 사장님의 엉뚱함에 사모님이 반한 것일 수도…? 사모님께는 결혼 에피소드는 물론 두 분이 함께 살면서 생긴 일화가 참 많다. 신혼 초, 사모님이 이혼까지 생각했던 적이 있었는데 결국 공항에서 발을 돌렸단다. 비행기가 결항이 되어 섬에서 나가질 못했고, 사장님이 공항까지 사모님을 찾으러 오셨다고.

사모님이 말씀하시길….

"그때 비행기만 떴으면 저 인간 얼굴 그만 볼 수 있었는데! 에이, 아깝다."

그렇게 말씀하시면서도 웃고 계신다.

두 번째 도망도 역시 공항. 이번에는 뱃속의 애기들 때문에 결국 포기하셨다고.

그러고 보면 제주공항은 도민에게 있어서 희노애락을 함께한 추억의 장소이다. 아들의 입대, 육지 취직, 시집, 출가… 그 모든 것이 여기 공항에서 이루어지기 때문이다.

"나도 공항에서 그때! 말은 하지 않았지만 에피소드가 참 많아! 아픔이 많은 곳이지. 이젠 공항에 가면 즐거워! 육지에서 결혼한 아들이 며느리와 어여쁜 손주 녀석과 함께 할망, 하르방 보러 오는 날이거든. 난 자식새끼보다 손주 녀석이 더 보고 싶어! 이젠 이날만 기다려."

이렇게 공항은 도민에게는 만남의 장소이자 추억의 장소인 것이다.

그렇게 웃고 즐기다 보니 어느덧 겨울.

한 해를 마치고 새로운 해를 시작하는 겨울이 다시 왔다.

제주도의 겨울은 무섭다. 폭탄 가스비! 작년에는 별생각 없이 보냈지만 폭탄 가스비는 역시 문제다. 작은 원룸에서 보일러를 이렇게저렇게 조절하기도 하고, 한 달에 한 번씩 사용량을 바꾸기도 하면서 겨울을 대비한 적이 있다. 어떻게 하면 가스비를 최대한 줄일 수 있을까 하면서.

그럼에도 어떻게 이 작은 원룸에 가스비가 한 달 평균 12만 원이 나오지? 보일러가 문제인지, 아니면 다른 게 문제인지 도저히 알 수가 없는 상황이다. 30평에 복층인 큰 형님의 집보다 많이 나오걸 보면 분명 이유가 있을 텐데.

가스비 절약 방법과 보일러 조작 방법을 모두 알아보았지만, 답은 그냥 내복 입고 그 위에 체육복까지 입은 뒤 이불 속으로 들어가는 것. 그래도 춥다고 느껴지면 캠핑 침낭까지 동원해서 자는 것뿐이다. 보일러는 씻기 위한 온수 전용. 그렇게 작년을 버텼다. 그래서 내 방은 항상 춥다.

제주도에는 도시가스(LNG)가 아직 들어오지 않았다. 그래서 도시가스가 아닌 이상한 가스가 존재한다. 아직도 난 이 가스의 정체를 알지 못한다. 물어보면 되겠지만 별 관심이 없다.

원룸 건물 옆에 노란색의 큰 가스통이 있는데, 육지에서 기름보일러를 쓸 때처럼 주기적으로 가스 탱크로리(!)가 와서 가스를 채워주는 방식이다.

가스 단가가 비싼 건지, 아니면 보일러가 문제인지….

외풍은 없는데…. 어떻게 하면 따뜻하게 지낼 수 있을까?

홈쇼핑이 가끔씩 나에게 좋은 정보를 준다는 것에 감사를.

온수 매트! 왜 내가 생각을 하지 못했을까?

바로 두 장을 구매. 한 장은 매트리스에. 또 하나는 바닥에. 이번에도 할부다(홈쇼핑의 최대 장점인 무이자 할부). 덕분에 추위 대책을 세울 수 있었다.

'그래, 추워져 봐라. 이번 겨울은 완벽하게 준비해뒀으니.'

살짝 추워지기 시작한 날부터 온수매트 개시. 이 좋은 것을 왜 생각하지 못했을까? 작년에는 왜 미련하게 덜덜 떨면서 살았을까?

온수 매트 덕에 따뜻하게 지낼 수 있었다. 하지만 가장 좋은 것은 가스비가 3만 원이 넘어가지 않는다는 것이다. 작년 가스비와 비교하면, 이번 겨울을 이렇게 보낼 경우 매트 값은 충분히 벌고도 남는다. 이제부터는 따뜻한 겨울을 즐겨도 될 듯하다.

12월 중순 한라산에 첫눈이 내릴 때면 동백꽃이 겨울 소식을 전해준다. 첫눈도 봐야 하고 동백꽃도 찾아다녀야 하는 바쁜 주말에 육지에 다녀올 일이 생겼다. 정말 오랜만에.

가슴이 아프다는 핑계로 가지 않았던 곳. 아버지 제사도 가질 않았다. 혹여나 마주칠까 두려웠던 것이다. 가끔씩 걸려오는, 아니 이틀에 한 번씩 걸려오는 어머니의 전화(어머니와 통화할 때는 항상 마음 편히 개구쟁이처럼 통화를 해야 하며 계단을 오를 때 통화 시에는 혈압을 측정하기 전 그 순간처럼 가슴을 진정시키고 통화를 해야 한다. 조금만 숨 가쁜 소리를 내어도 "너 어디 아프니?"라는 질문이 날아오니 이때는 기침도 참아야 한다). 항상 밝게 잘 지낸다는 말에 어머니는 "그래! 너만 마음 편하면 돼."라면서도 섭섭한 마음을 표현하신다.

그렇게 명절에도 휴가 때도 찾아가지 않았던 내가 무슨 바람이 불었는지 육지를 다녀온 것이다.

이유는 단 하나.

'술'이다.

내게 있어 술은 정말 지긋지긋한 존재인데 끊지를 못한다. 내 인생에 있어서 술이 최악의 물건임을 알면서도 이것을 끊지 못하는 내가 한심하기도 하다(돌아가신 아버지의 병명도 술).

컴퓨터 위에 붙여놓은 작은 메모 하나.

'술을 끊자. 나 자신이 초라해진다. 모든 문제가 술 때문. 그런 문제는 다시는 일으키지 말자. 항상 깨어 있어라.'

지키지 못하는 나만의 약속이다.

이런 내가 또 술 마시러, 그것도 비행기타고 육지로 향한 것이다. 어머니에게는 비밀로 하고서 연말 모임에 술을 마시러 가다니….

모처럼 간 공항. 가까운 곳이지만, 찾아올 사람이 없기에 지금처럼 육지에 가거나 하는 특별한 일이 없으면 올 이유가 없는 곳이다.

사람 참 많다.

"공항은 항상 바쁜 곳이구나."

오가는 사람들의 표정과 공항 패션. 제주도에 도착한 사람들의 밝게 웃는 표정에서 무언가에 대한 설렘과 기대를 확인할 수 있다. 꼭 붙잡은 손. 한 손에는 캐리어.

'그래. 나도 그때는 저런 표정을 지었겠지.'

제주도를 떠나는 사람들의 표정에는 아쉬움과 서글픔. 애틋함과 간절함이 보인다. 육지로 돌아가면 이 사람들은 예전의 나처럼 또 제주앓이를 하겠지.

그런데 여기서 말하는 간절함은 비행기와도 관련이 있다.

우리 비행기 과연 오기는 하는 건가? 집에 갈 수 있을까? 연착에 연착. 지연에 지연을 거듭하는데?

그런 생각에 전광판만 뚫어져라 처다보고 게이트가 열리기만을 기다린다. 엄마 몰래 남친이랑, 혹은 여친이랑 여행 온 건데! 오늘 꼭 집에 들어가야 하는데! 그럼에도 비행기는 자꾸 지연에 지연.

'그러게 왜 사랑 사고 치러 제주에 왔냐? 과연 여행을 왔을까, 아니면 사랑을 나누러 왔을까?'

이런 쓸데없는 생각을 하며 검색대를 통과하는 순간이었다.

"엇! 뭐지?"

검색대 직원들의 행동이 이상하다. 다른 사람들 차례에는 무언가를 꼼꼼히 확인하는데 난 그냥 통과. 아니 그냥 가라고 손짓까지.

"나도 공항 분위기 좀 즐겨보고 싶은데 왜 그냥 보내지?"

문제는 나의 공항 패션에 있었다. 입고 있던 옷이 기모 체육복 바지에 달랑 점퍼 하나. 점퍼를 벗으니 당연 검색할 필요가 없는 것이다. 그나마 검사한다는 게 이거였다.

"혁대 좀 확인할게요."

체육복에 혁대를 차는 패션 종결자가 과연 몇 명 있을까?

'그러고 보니 나도 여기 와서 많이 변했구나.'

육지에 있을 때는 항상 정장 바지에 와이셔츠. 보이지도, 만나지도 않을 그 누군가를 신경 쓰며 깔끔한 모습을 유지하던 나였는데….

'왜 그렇게 답답하게 살았을까?'

그랬던 내가 지금은 집에서 입던 체육복에 겨울 점퍼 하나라니.

'그래도 공항인데. 하다못해 공항 패션…. 오랜만에 육지 가는데 옷이….'

나도 모르게 변해 있었던 것이다. 나 편한 대로. 누군가에게 잘 보일 필요가 없기에, 누군가를 신경 쓰지 않아도 되기에 내 뜻대로. 나만의 편한 방식으로. 그게 바로 체육복. 이렇게 편안한 것을 왜 그때는 그렇게까지 신경 쓰며 꾸미려고 했을까?

아마도 그때의 나는 내가 아니었을 것이다. 나 자신을 위해 꾸미는 것이 아닌, 보여주기 위한 하나의 의식. 살기 위한 형식적인 의식이었던 것이다. 어쩌면 남에게 지지 않으려고 발악을 하고 있었는지도 모른다.

'나 정말 피곤하게 살았구나!'

곧 도착한다는 안내 방송에 기대 반 설렘 반.

상공에서 바라보는 울산의 모습은 어떨까? 어느 항로로 진입할까?

그전까지는 김해공항에 내려 공항버스를 이용해 울산으로 가야했지만, 울산에서 제주도를 쉽게 오고 갈 수 있는 항로가 내가 제주에 내려와 있는 동안 신설되었다. 진작 좀 하지.

"멋지다."

40층의 높은 건물. 화학단지. 바다. 태화강. 대왕암공원. 일산 해수욕장. 주전몽돌 해변. 연희가 있는 직장까지. 우리가 함께했던 모든 곳이 비행기 안에서 다 보인다.

울기 등대를 선회하자 보이는 울산의 전경.

내가 머물던 곳, 연희가 지내고 있는 이곳이 하늘에서 내려다본 울산.

"화학 도시인 내 고향이 이렇게 예쁜 모습을 하고 있었구나!"

친구들이 있는 곳. 지인들이 있는 이곳. 얼마 만이냐! 나 왔어요!

'오랜만이다. 울산. 내가 왔다!'

그런데 자꾸만 가슴을 조여 오는 이 답답함은 도대체 무엇일까?

공항을 빠져나오니 기다리고 있는 동생 녀석을 발견.

"아! 피켓 들고 있으라 했지."

"행님, 옷이 그게 뭔교?"

비행기를 타고 왔으면 그래도 격식이라도 갖춰야 하는 것 아니냐며, 꼭 집에서 방금 나온 사람 같다는 둥, 집이 공항 아니냐는 둥 또 말 같지도 않는 잔소리를 해댄다.

"모임 장소가 어디야? 모처럼 울산 구경도 할 겸 서동, 성남동, 태화동으로 해서 가줘."

해가 지는 강변도로. 우연일까? 그 시간에 펼쳐진 건 내가 그토록 좋아하던 태화강에 붉은 노을이 스며드는 모습이었다.

오늘이 지나고 나면 태화강을 뒤로 하고 넘어가는 노을을 언제 또 볼 수 있을까?

이 모습에 반해 열심히 사진을 찍고 있는데 동생이 한마디 한다.

"형, 이제 이런 것도 찍는교?"

"그래. 모든 것이 그리웠던 모습이다."

내가 예전 자주 다니던 길. 그리고 연희가 지냈던 자취방을 지나는 길. 다행히 연희는 다른 곳으로 이사를 갔다. 내가 만들어서 쳐 두었던 커튼이 없어졌고 집이 비어 있다는 느낌을 받았던 것이다. 그리고 연희는 이 자취방을 엄청 싫어했다. 너무 급하게 방을 구하느라 마음에 들지 않지만 억지로 들어왔다고, 여기서 일 년만 지내고 꼭 이사 갈 것이라고 그렇게 매일 투덜거렸는데.

약속 장소에 도착하니 모두가 환히 반겨준다.

'잘 지냈냐?', '어땠냐? 살만하냐?', '도시인이 아닌 제주도민이 된 느낌은 어떠냐?' 등 안부 인사를 주고받았다.

바뀐 것이 있다면, 늘 얘기를 들어주고 뭔가 문제가 있을 시 이러쿵저러쿵 조언을 하던 내가 어느새 수다쟁이가 되었다는 것이다. 그만큼 말을 하고 싶었는지도 모르겠다.

다들 그런다. 제주도에 가더니 사람이 완전 바뀐 것 같다고. 더 활발해진 건 좋은데 도대체 그 능청스러움은 뭐냐고. 제주에 살면 다 그렇게 되는 것이냐고. 자기들은 매일 스트레스에 머리 아파 죽겠는데 도민이 된 넌 어떠냐고.

그렇게 나도 모르는 사이 바뀌어 있었다는 사실에 놀랐고, 내가 늘 만나던 사람들에게 부러움의 대상이 되었다는 것에도 놀랐다.

"오랜만이네요. 한동안 보이지 않으시더니… 늘 멤버들과 함께였는데 갑자기 보이지 않으시더라고요."

"감사해요. 기억해주셔서."

2차로 자리를 옮겼다.

단골집이란 역시….

"모처럼 왔으니 문어숙회는 서비스."

"아니, 어머님 그냥 계산!"

"그냥 먹기나 해. 마음 변하기 전에."

나이 드신 할머니의 조그마한 가게. 혼자서 모든 주문과 요리를 뚝딱뚝딱 해결하신다. 그 모습에 반해 단골집이 된 곳이다. 가끔은 술을 너무 많이 마신다고 혼나기도 하고, 먹는 모습이 보기 좋다고, 너무 맛있게 먹는다고 서비스에 서비스까지 받은 적도 있다. 그 정도로 자주 갔기에 연세가 있으신 할머니 사장님이지만 어느 순간부터인가 들어갈 때의 인사가 "어머니 저 왔어요."로 바뀐 것이다.

"어머니 오랜만이죠? 저 지금 제주도에 살아요."

"그 먼 곳까지 왜 갔어? 집 나가면 고생인데. 넌 제발 좀 한자리에 정착 좀 하고 살아 이놈아! 서울에서 이제는 제주도라니. 다음은 강원도 철원이냐?"

"어머니 그게… 저도 잘 안 되네요. 이번에는 새집에서 어머니 모시고 잘 살려고 했는데 이놈의 더러운 성격이 문제인가 봐요."

"그래. 그 지랄 같은 성격이 자랑이다. 이 못된 놈! 그리고 보니 너 얼굴은 엄청 좋아졌구나. 제주도에 사니 마음은 편한가 봐?"

옆에 있던 일행도 다들 아우성이다.

"어머니, 애 완전 바뀌었어요."

"나도 그런 게 느껴져. 그래도 보기는 좋다."

그렇게 내가 좋아하던 단골집을 코스로 잡아 대접에 대접을 받았다. 실은 내가 강요한 것이다. 모처럼 육지에 가니 풀코스로 대접해 달라고. 내가 먹고 싶은 것으로, 내가 가고 싶은 곳으로 말이다.

잘 먹었다.

형님 집에서 하루를 지낸 다음 날. 자고 있던 날 깨우는 형.

"너 어디 갈래? 어디 가고 싶어? 해장해야지."

"주전몽돌 해수욕장. 해안도로 카페. 그리고 저, 그 집 가보고 싶어요."

저수지에 위치한 작은 식당. 수제비집인데 주 메뉴가 어탕수제비다. 국물이 정말 최고다.

여기는 정말 오랜만이다. 우리가 도착한 게 10시쯤? 아침인데도 대기 번호가 벌써 20번째. 다행히 시간 절약을 위해 동생이 먼저 와서 번호표를 뽑고 기다려준 덕분에 얼마 기다리지 않고 그토록 먹고 싶었던 어탕수제비를 먹을 수 있었다. 제주도에 내려가면 이 맛이 그리울 듯하다.

'얼큰 수제비.'

그리고 이때 알았다. 동생의 아버님이 얼마 전에 돌아가셨다는 것을.

"왜 연락 하지 않았냐?"

동생의 입에서 튀어나온 말에 놀라고 말았다.

"행님! 제주도 있는데 어떻게? 행님 맷심더. 다 지나간 일임더."

난 그러지 못했다. 그래도 알고 지낸 시간이 얼마인데. 어떻게든 연락이라도 해야 하는 것 아닌가? 결국 나에게 남은 것은 혼자 살아남겠다고 제주도로 도망간 나 자신뿐이었다.

난 어느새 고향이었던 이곳에서 낯선 이방인이 되었고, 오기 힘든 사람이 되어 있었다. 울산이 맛집 투어며 카페 투어를 하는 곳으로 변했다는 것을, 일상의 한 부분이어야 할 일들이 이제는 여행으로 변했다는 것을 깨달았다.

"아버님은 잘 모셨지? 함께 못 해줘서 미안하다."

"행님 고마하소. 지금이라도 얘기해주니 고맙심더."

내가 제주도에서 지내는 동안 육지에서도 많은 일이 있었다. 내가 제주도에 있다는 이유로 몰랐을 뿐. 내게도 내가 알지 못하는 변화가 생긴 것이 확실하다.

비행기 시간은 오후 4시. 아직 시간이 남았다.

"행님! 이제 어디 가고 싶은교? 내가 오늘 행님 가이드 해줌더. 모처럼 왔는데 울산 구경 제대로 하고 가야 될 꺼 아인교?"

"그럼 강동하고 주전몽돌해변. 그리고 카페랑 백화점."

일행의 의아한 표정.

"아니 제주 해안도로에 널려 있는 게 카페고, 어느 곳을 가도 바다가 예쁜 제주도에 사는 놈이 몽돌해변은 왜?"

"몽돌해변 자갈에서 파도가 빠져나가는 소리. 그 소리가 듣고 싶어. 제주도에 알작지라고 비슷한 곳이 있긴 한데, 그 느낌이 안 나."

"그럼 백화점은?"

"제주도에는 백화점이 없어!"

"뭐라고? 제주도에 백화점이 없다고?"

"응. 이유는 나도 몰라. 왜 없는지 정확히 아는 사람이 하나도 없더라고. 그래서 우리 사모님, 백화점 세일 때면 비행기 타고 육지로 백화점 쇼핑을 가기도 해!"

그렇게 카페와 가보고 싶었던 곳을 다녀오고 백화점을 들렀다.

백화점이 그리운 녀석은 아마 나밖에 없을 듯하다. 그리운 백화점. 나는 신난 아이처럼 여기저기 방방 뛰어다니며 아이쇼핑을 했다. 이게 얼마만인가? 여유만 있다면 조금 더 즐겨 보고 싶은 곳이다.

그렇게 짧고도 긴 하루라는 시간이 지나 다시 돌아온 공항. 오랜만에 만난 동생과 지인들이지만, 하루 종일 가슴이 답답한 것은 어쩔 수가 없었던 것일까? 눈앞을 가로 막고 서 있는 높은 건물이 숨을 조여 온다. 주말인데도 여유가 없는 사람들의 빠른 발걸음. 무거운 구두 발자국 소리. 이 모든 것이 내게는 익숙한 풍경인데 자꾸만 가슴을 조여만 오는 답답함을 느낀 것이다.

아무 소리도 들리지 않는다. 내가 좋아하는 소리. 내 귀를 즐겁게 해줬던 그 소리가. 들려오는 건 자동차의 경적소리뿐. 내가 있는 그곳에는 경적 소리가 없다. 들려오는 것은 바람 소리와 파도 소리, 그리고 이름 모를 풀벌레 소리와 새들의 지저귐 소리. 난 어느새 나에게만 들려오는 제주도의 백색소음에 빠져 있다는 것을 깨달았다.

여기는 더 이상 내가 있을 곳이 아닌 것 같다.

돌아오는 비행기 안.

"연희야, 나 약속 지켰다. 기억나니?"

우리가 잘못되면 내가 떠나준다고 했던 말. 비록 서로에게 상처만 남겨준 잘못된 사랑이었지만 내가 여기 있으니 우연히라도 너와 마주칠 일은…. 걱정 마! 그런 일은 없을 테니. 괜히 나 마주칠까 주위를 살필 필요도 눈치를 보면서 다닐 필요도 없어. 사무실 네 책상 옆에 드리운 커튼, 이젠 활짝 올렸으면 해. 너 하고 싶은 것 마음껏 하면서 살아. 그리고 네가 하고 싶었던 일 꼭 이루기를 바랄게. 작은 은 공방, 메이크업, 뜨개방 무엇이든 좋으니 이제는 너의 인생을 살아가길 바래. 네 방 TV 앞에 놓인 캐릭터처럼 모험을 하면서. 네 인생의 해적왕으로서. 네 인생을 즐기면서 말이야.

나, 제주도로 돌아가. 언제 다시 올지는 몰라. 내가 있어야 할 곳이 여기가 아니라는 것을 이번에 깨우쳤어. 너 때문은 아니야. 그냥 숨이 막혀. 그동안 내가 여기서 어떻게 지냈는지. 왜 그렇게 치열하게 살아가야만 했는지. 참 바보 같이 살았던 그 순간들 때문이기도 해.

돌아오는 비행기 안. 왜 그렇게까지 또 가슴 아파해야 했을까?

지금까지 잊고 있던 무언가가 있었다는 걸 깨달았다.

그 무언가가, 바로 너였다는 것을.

제주도에서 놀고, 쉬고, 걸으면서 즐기다가도 뭔가가 빠진 듯 허전했는데, 그 뭔가가 바로 너였구나. 네 손을 꼭 잡고 왔어야 했는데 혼자 와서. 그날 혼자 내버려 둬서. 절대 놓지 않겠다던 너의 손을 놓아서 미안해.

이젠 내 가슴 속에 남아 있는 너에 대한 그리움을 그만 지워야겠어. 그럴수록 너에 대한 그리움만 더욱 커지는 것 같아서 말이야! 그럴 때마다 힘들어지는 나 자신이 너무 싫거든. 나 그만 지워도 되지? 그래도 고마워. 너였기에, 너라는 아이였기에 행복할 수 있었어. 단 한 번만이라도 네 모습, 아니 네 목소리라도 들었으면 좋겠다.

보고 싶다.

멀리 보인다. 삼각형 모양의 제주도가.

제주도를 보고 깨달았다. 내 인생의 절반이 담겨 있는 곳. 도시 생활과 수많은 추억이 있는 곳은 울산이지만, 내가 있어야 할 곳은 여기라는 사실을. 육지에서 답답함을 느끼는 것보다, 조금 불편한 이곳에서의 생활이 내게는 더 어울린다는 것을.

"그래, 여기구나. 괜히 다녀왔구나…"

내가 좋아하는 단골집도, 야구장도, 태화강도, 석유화학단지의 야경도, 저녁 퇴근길에 만날 친구들도 없고, 친구들과 함께 삼겹살에 소주 한잔할 수도 없지만, 내가 있어야 할 곳은 여기구나.

내가 가지고 있던 모든 걸 내려놓고 나만의 삶을 살 수 있는 곳. 누구의 시선을 신경 쓰지 않아도 되는 곳. 나만의 자유를 누릴 수 있는 곳.

한참을 생각하다 해야 할 일이 생각이 났다. 마음을 잡지 못해 하지 못하고 지금까지 미루고 미루던 일. 바로 진짜 도민이 되는 일이다.

제주특별자치도 제주시 남광로 2길.

돌아온 자취방에서 가정 먼저 한 것이 바로 이것, 주소 이전이다.

'그래, 이제야 이곳이 자취방이 아닌 내 집이 되었고, 내 터전이 되었구나.'

나도 모르게 살며시 입가가 올라가는 이유는 무엇일까?

아마도 이곳 제주도가 내 가슴 속에 숨겨둔 상처를 모두 치유해주었다는 것을, 그리고 여유와 행복을 내게 가져다주었다는 것을 알았기 때문일 것이다. 나는 그 모든 걸 다시금 즐기면서 살아가기로 했다.

도시인이 아닌 제주에서 살아가고 있는 도민으로서… 말이다.

조금 더 놀멍, 쉬멍, 걸으멍 하기로 마음먹고 조금 더 느리게 느리게 생활하기로 했다. 그런 내가 여기에 내려와서 지금까지 한 번도 제대로 해보지 못한 게 하나 있다.

바로 '일몰 보기'.

제주도는 일출로도 유명하지만, 일몰 또한 멋진 장면을 연출한다. 어느 곳에 있든 일몰을 볼 수 있다는 것 또한 매력이다. 한라산 뒤로 해가 넘어가는 일몰 광경이나 수평선 너머 바다에 잠기는 태양의 모습은 누구에게나 좋은 추억과 낭만을 선사한다.

그런데 난 이 명장면을 제대로 즐겨 보지도, 아니 보려고 하지도 않았다. 꼭 남겨 두고 싶었기에. 하지만 이젠 좀 즐겨야 할 것 같다. 특히 썰물이면 나타나는 이호 해수욕장의 쌍원담과 지는 석양만큼은.

그 장면을 보려면 몸이 더욱 피곤해질지도 모른다. 새벽에는 성산일출봉에서 일출을. 저녁은 이호 해수욕장에서 일몰을.

주말이 더욱 바쁘고 재밌어질 것 같은 느낌이다. 분명 느리게 느리게라고 다짐했건만, 이곳에 살면서 더욱 주말이 바빠진 것 같다. 그래도 신나는 주말을 보낼 수 있을 듯하다.

제주를 찾는 많은 여행객처럼 도시인과 도민이 하나가 되는 주말이다. 그렇게 도민이 되어 살아가기로 한 얼마 지나지 않아 또다시 찾아온 여름.

내 인생에 태풍이 찾아왔다.

아니 어떻게 이런 일이. 나에게도 이런 일이 있구나. 내가 무슨 드라마를 찍는 것도 아니고…. 드라마 속 주인공처럼, 노래 가사의 한 소절처럼 말도 안 되는 상황이 일어난 것이다.

6월의 어느 새벽. 나에게 태풍이 다가왔다.

어김없이 일출을 보고자 찾아간 백약이오름. 어둠이 사라지고 하늘이 붉은 빛이 도는 황금빛으로 물들어 가는 시간.

아래에서 엄청나게 빨리 정상을 향해 뛰어오고 있는 여자아이 하나. 난 당연히 일출을 보기 위해 여행 온 사람 중 한 명이겠거니 생각했다.

그런데 이 아이, 일출은 제대로 보지도 않고 빠른 속도로 나에게 다가온다. 꽃무늬 치마에 운동화. 오름에 어울리는 똥머리를 한 채. 어째 눈에 익은 스타일이다.

"혹시 사진 작가님이세요? 저 한 장만 찍어 주세요. 여기 자주 오시나 봐요. 여기서도 그렇고 소천지며 엉또폭포에서도 뵌 듯한데!"

의아하다. 난 처음 보는 얼굴인데 이 아이는 날 알고 있는 듯한 느낌. 영문을 몰라 하다가 문득, 혼자 풍경을 즐기고 있을 때 내 눈앞에서 왔다 갔다 하던 그 꽃무늬 원피스가 떠올랐다.

'에이, 설마! 그런데 소천지는 또 왜?'

"제 연락처예요. 사진 원본 보내 주셔야 해요! 꼭!"

자기 할 말만 하고 또다시 똥 지뢰를 피해서 뛰어 내려가는 그녀의 모습. 이건 뭐지? 순간 뭐가 다녀가긴 했는데…. 짧지만 강한 여운을 남긴 것만은 확실하다.

그 여운이 그렇게 오래 갈 것이라고 당시에는 생각지도 못했다. 그런데 계속 그녀의 말괄량이 같은 행동과 모습이 머릿속을 맴돌기 시작했다.

그녀의 사진을 인화했다. 사진 속의 그녀가 마치 날 바라보며 손가락으로 브이 자를 만들고 있는 것 같다. 웃는 모습이 예쁜 아이다.

"아…! 내가 지금까지 놓치고 있었던 게 하나 있었구나!"

사진 속 그녀의 오른손목에 채워져 있는 가느다란 은구슬 팔찌.

당시에 난 사람을 똑바로 쳐다보지 않았고, 그 아이의 이미지가 너무 강해서 세세한 것은 기억에 남지 않았다. 그런데 인화된 사진 속에서 놓친 것을 찾아낸 것이다. 원피스나 운동화가 조금 다르긴 했지만, 그녀의 은팔찌만큼은 변하지 않았다. 그 덕분에 기억해냈다. 그리고 그녀가 오늘 한 행동의 의미는….

"꼭 다시 한번 만나봐야 한다."

사진을 전송하지 않고 직접 전해주겠다는 핑계로 시작된 우리의 만남. 사진에 관심이 있고 여행객인 줄 알았던 이 똥머리 소녀가 실은 나처럼 육지에서 상처를 받고 내려와 혼자 오름과 풍경에 치유 받고 즐기고 있다는 사실을 알았다.

바로 나처럼 말이다.

이젠 주말이면 나 더욱 바빠졌다. 챙길 것이 하나 더 늘었기에. 혼자가 아닌 둘이기에.

"오빠는 꼭 '모모' 같아. '모모는 철부지~ 모모는 무지개~ 모모는 생을 쫓아가는 시곗바늘이다~ 모모는 방랑자.' 틀린 말이 하나도 없지. 그치!"

그리고는 웃으면서 말했다.

"오빠, 내일 새벽 소천지 가자?"

"소천지 좋지. 그런데 왜 새벽에?"

"그때 가야 아무도 없고, 비키니 입고 스노클링 하기에는 '딱'이거든."

"소영아, 그럼 혹시 그때 그게 너였니?"

"맞아! 그때 오빠가 사진 찍으러 온 날. 눈 마친 아이가 나였어. 나 오빠 그때 처음 봤는데, 자꾸 궁금해지더라고. 어떤 사람일까? 저 사람은 이곳에서 어떤 마음으로 이 풍경을 그려 내고 있을까?"

"아깝다. 그때 내가 돌을 던졌어야 하는데. 그럼 우린 아마 더 빨리 만날 수 있었을 텐데."

"무슨 말이야? 실은 나도 그때 사진 찍으러 갔다가 내가 원하는 그림이 나오지 않아 그냥 카메라 접고 물놀이를 즐겼던 것인데. 그때 오빠가 온 거야. 우리 서로 눈 마주칠 때 내가 뭐라고 했게? '야 인간아! 빨리 좀 가!

217

이 새벽에 여기에 왜 왔냐고! 나 옷 갈아입게 제발 좀 가주세요. 추워 죽겠다고!' 그런데 오빠는 가질 않더라. 비키니 입은 내 모습을 빤히 지켜보는 것 같았고."

"혹시나 해서 묻는데… 비 엄청 쏟아지던 날 엉또에서 나 비 맞으며 놀고 있을 때 옆에 서 있던 꽃무늬 치마에 운동화를 신고 투명 비옷을 입은 아이. 너 아니지?"

"나 맞는데? 그때 오빠 모습 대박. 비에 홀딱 젖은 강아지 같은 그 모습이었어. 얼마나 불쌍해 보였는지…"

왜 우린 같은 자리에서 같은 곳을 보며 함께 즐기고 있었을까? 그렇게 곁에 있으면서도 왜 우린 서로를 알아보지 못한 것일까?

우린 모르고 있었다. 같은 자리에 있는 이 사람이 소중한 존재가 될 거라는 것을. 그 사실을 모른 채 '나는 혼자야.'라는 생각만 하고 있었다는 것을.

이제는 혼자가 아닌 둘이서 하나 되어 같은 곳을 향해 바라보고 함께 걸어가고 있답니다.

제 방 옷걸이에 걸려 있는 수많은 원피스. 내일 놀러 간다며 똥머리 한 채 파자마를 입고서 신나게 준비한 김밥과 음료, 그리고 피크닉 가방까지. 이젠 집에 가라고 해도 가지를 않습니다.

일찍 잠들어 버린 이 아이의 모습.

눈물이 납니다.

바라만 보아도 눈물이 납니다.

"내게 다가와 줘서 고마워요. 아무것도 묻지 않고, 아무것도 바라지 않고, 있는 그대로의 내 모습을 사랑해줘서 고마워요. 사랑할게요. 당신만을."

나에게 태풍처럼 감 잡을 수 없이 다가온 이 아이.

겉으로는 씩씩해 보이지만 속은 여린 아이.

"코 곤다. 이 간다. 그래서 잠 못 자겠다."라고 매일 투덜대면서도 이렇게 고양이처럼 잠들어 있는 모습. 살포시 입술을 가져다 댑니다.

'이제는 네게 웃음만 가져다줄게. 너의 눈에 예쁜 것만 보여줄게.'

꿈속에서 자신의 아픈 과거를 다시금 마주한 것인지 내가 손을 놓을까 봐 자면서도 꿈쩍꿈쩍 놀라는 모습.

손을 살며시 잡아주니 편안해집니다.

나는 아마 평생 이 아이를 위해 살아가게 될 것입니다.

나만의 행복한 삶이 아닌 우리 둘만의 시간, 그리고 행복한 순간을 위해선 많이 노력을 해야만 한다. 엄청 많이.

"사진과 그림, 피어싱을 좋아하며 입은 뾰족한데 마음이 둥근 아이."

손이 정말 예쁜데 뼈가 여려서 손을 꽉 잡아서는 안 되며 조금만 부딪혀도 멍이 생기기에 멍에 좋은 약은 필수로 가지고 다니면서 발라줘야 하고 혈액순환이 잘 되질 않아 오른쪽 다리가 자주 저리기에 잠들기 전 마사지는 기본. 생리가 불규칙해서 생리통이 골반과 허리에 집중되는 그 날에는 배를 만져주고 마사지를 해줘야 진정이 된다.

멍약과 생리통약은 필수 소지품이며 잠을 잘 때는 나처럼, 아니 나보다 더 예민해서 작은 뒤척임에 잠에서 깰 수 있으니 조심해야 한다. 예민한 날에는 아침 출근길에 뿌린 향수의 향기를 저녁까지 잡아내고, 비누 향이 바뀐 것도 금방 알아차릴 정도이다.

귀걸이는 혼자 잘 끼지만 빼지는 못하기에 대신 빼줘야 하며, 가끔 덤벙대서 물건을 잃어버리기에 미리 챙겨 놓는 것도 잊지 말아야 한다.

커피는 절대 금지 식품이다. 잠을 못 자서 밤새 애교를 받아줘야 하는 대참사가 일어날 수도 있다. 잠을 잘 때는 오른쪽으로 누워 자는 버릇이 있어 허리에 인형을 받쳐줘야 하며, 베개는 낮은 베개로. 또한 잠들면 무의식중에 손목을 꺾고 턱을 괴기 때문에 중간중간 깨어나 손목을 펴줘야 한다. 힘든 일이 많을 때는 자다가 가끔 꿈쩍꿈쩍 놀라는 경우가 있는데, 그럴 때는 손을 살며시 잡아주면 안정이 된다. 아침에 눈을 뜨면 물을 먹여줘야 하며, 보름에 한 번씩 이불 빨래를 해야 하고, 빨래를 널 때는 예쁘게 널어줘야 좋아한다. 수건은 호텔식 접기로 접어서 가지런히 수건 바구니에 담아둬야 하며 이틀에 한 번은 꼭 머리를 감겨주고 드라이로 말려줘야 좋아한다.

몸이 건조해 바디로션을 달고 살 정도이며 향은 꼭 파우더 향으로. 눈도 건조해 겨울철 차량에 가습기는 필수. 히터의 바람 방향은 발로 맞춰 놓아야 하며 험하게 운전하면 멀미를 할 수 있기에 회장님을 모시듯 부드럽게 운전해야 한다. 먹는 것에 민감하기에 차량에 비상식량 구비는 필수다.

그날 입은 옷은 다음 날 입지 않기에 육지로 여행갈 때는 꽃무늬 원피스를 많이 챙겨야 한다. 그렇기에 가방은 큰 것으로 준비해야 하며, 스킨십을 좋아하고 항상 손잡고 다니는 것을 좋아한다.

순대를 먹을 때는 껍질을 발라줘야 하며 뜨거운 것을 먹을 때는 앞 접시를 미리 준비해 먹기 좋게 식혀줘야 한다. 위가 좋지 않아 자극적인 음식과 매운 것은 가급적 피해야 하며, 음식을 급히 먹을 경우 잘 체한다. 그럴 때는 바늘로 손을 따줘야 한다. 손 딸 때 뽀뽀를 해주면 금세 아픈 걸 잊어버린다. 비린 것과 파를 먹지 못하지만, 음식 솜씨 하나만큼은 모두를 놀라게 한다.

어두운 곳과 사람 많은 곳을 싫어하며, 남들은 다 하는데 자기만 못 하게 하는 등 일방적이고 강압적인 행동이나 싫은 짓은 무조건 하면 안 된다. 자기를 최우선으로 챙겨야 하며, 1년에 한 번 겨울이 다가오는 날에는 그곳에 꼭 다녀와야 한다. 그때는 아무 말 없이 곁에서 안아줘야 하고.

이 모든 것들이 이젠 내게 당연한 일상이 되었다.
혼자 너무 많은 일을 겪고 혼자 이겨냈다는 사실을 알았기에.
겉으로는 강해 보이지만 속은 종잇장보다 여린 마음을 알았기에.
입은 뾰족하지만 동그란 마음을 가진 내 사람이기에.
또 새벽에 자다 깨서는 잔소리를 하겠지. 시끄럽다고. 코 곤다고. 그 잔

소리마저 이제는 사랑스럽게 들린다. 혹여 잠에서 깰까 조심스레 손을 만져주고 손을 잡아준다는 것을 이 아이는 모른다. 하지만 손을 잡아주지 않으면 분명 눈 뜨자마자 또 손 저리다고, 마사지 해달라고 투정부릴 것을 나는 안다.

그래서 오늘도 잠을 설쳐가며 이 아이의 손을 잡고, 내일 비키니 입고 즐거워할 소영이를 상상하며 이불 속으로 살며시 들어갑니다. 그리고 한참을 바라봅니다. 오름에서 바라보던 제주의 넓은 풍경과 바다를 보듯이.

이토록 예쁜 아이와 만나게 되었다는 게, 내 곁에 있다는 게 기쁩니다. 그리고 내 사랑이 되어준, 질릴 수가 없는 이 아이의 모든 모습을 사랑합니다.

다가오는 가을.

우리가 자주 가던 그곳, 황금빛 억새로 가득한 새별오름에서 많은 여행객을 하객으로 모시고 우리만의 특별한 결혼식을 계획 중입니다. 점심은 제주도의 유명한 김밥으로 대접할 것입니다.

저희에게는 큰 꿈이 생겼답니다.

바다와 수평선이 보이는 이층 집. 넓은 잔디 마당. 1층은 소영이가 좋아하고 전부터 하고 싶어 했던 사진 갤러리로 만들고, 2층은 우리만의 보금자리로 만들어 소영이를 닮은 아이와 함께 마당을 누비고 다니는 큰 꿈이…

P.S.

술을 마시면 변하는 눈빛을 싫어하는 것을 알기에 이제는 술을 마시지 못합니다. 가끔은 기분 좋으면 마트에서 사주기도 한답니다. 앗싸!

이제는 모든 것을
허락을 받아야만 합니다.
그래도 좋습니다.
혼자가 아닌 둘이기에.
제 옆에는 항상 저를 응원하는 태풍이 있으니까요.